国际大奖小说
纽伯瑞儿童文学奖金奖

弗罗拉与松鼠侠

[美] 凯特·迪卡米洛 / 著
[美] K.G.坎贝尔 / 绘
丁 冬 / 译

天津出版传媒集团
新蕾出版社

图书在版编目 (CIP) 数据

弗罗拉与松鼠侠 /（美）迪卡米洛 (DiCamillo,K.) 著；（美）坎贝尔 (Campbell,K.G.) 绘；丁冬译. -- 天津：新蕾出版社，2014.8(2024.7 重印)
(国际大奖小说)
书名原文: Flora and Ulysses:the illuminated adventures
ISBN 978-7-5307-6030-7

Ⅰ.①弗… Ⅱ.①迪…②坎…③丁… Ⅲ.①儿童文学-中篇小说-美国-现代 Ⅳ.①I712.84

中国版本图书馆 CIP 数据核字(2014)第 128393 号

Text © 2013 Kate DiCamillo
Illustrations © 2013 K.G. Campbell
Published by arrangement with Walker Books Limited, London SE11 5HJ.
All rights reserved. No part of this book may be reproduced, transmitted, broadcast or stored in an information retrieval system in any form or by any means, graphic, electronic or mechanical, including photocopying, taping and recording, without prior written permission from the publisher.
Simplified Chinese translation copyright © 2014 by New Buds Publishing House (Tianjin) Limited Company
ALL RIGHTS RESERVED
津图登字:02-2013-42

书　　名	弗罗拉与松鼠侠　FULUOLA YU SONGSHU XIA
出版发行	天津出版传媒集团 新蕾出版社
	http://www.newbuds.com.cn
地　　址	天津市和平区西康路 35 号(300051)
出 版 人	马玉秀
电　　话	总编办 (022)23332422 发行部 (022)23332351　23332679
传　　真	(022)23332422
经　　销	全国新华书店
印　　刷	天津新华印务有限公司
开　　本	880mm×1230mm　1/32
字　　数	150 千字
印　　张	9.5
版　　次	2014 年 8 月第 1 版　2024 年 7 月第 17 次印刷
定　　价	32.00 元

著作权所有，请勿擅用本书制作各类出版物，违者必究。
如发现印、装质量问题，影响阅读，请与本社发行部联系调换。
地址:天津市和平区西康路 35 号
电话:(022)23332677　邮编:300051

前言

一辈子的书

梅子涵

亲近文学

一个希望优秀的人,是应该亲近文学的。亲近文学的方式当然就是阅读。阅读那些经典和杰作,在故事和语言间得到和世俗不一样的气息,优雅的心情和感觉在这同时也就滋生出来;还有很多的智慧和见解,是你在受教育的课堂上和别的书里难以如此生动和有趣地看见的。慢慢地,慢慢地,这阅读就使你有了格调,有了不平庸的眼睛。其实谁不知道,十有八九你是不可能成为一个文学家的,而是当了电脑工程师、建筑设计师……可是亲近文学怎么就是为了要成为文学家,成为一个写小说的人呢?文学是抚摸所有人的灵魂的,如果真有一种叫作"灵魂"的

东西的话。文学是这样的一盏灯,只要你亲近过它,那么不管你是在怎样的境遇里,每天从事怎样的职业和怎样地操持,是设计房子还是打制家具,它都会无声无息地照亮你,使你可能为一个城市、一个家庭的房间又添置了经典,添置了可以供世代的人去欣赏和享受的美,而不是才过了几年,人们已经在说,哎哟,好难看哟!

谁会不想要这样的一盏灯呢?

阅读优秀

文学是很丰富的,各种各样。但是它又的确分成优秀和平庸。我们哪怕可以活上三百岁,有很充裕的时间,还是有理由只阅读优秀的,而拒绝平庸的。所以一代一代年长的人总是劝说年轻的人:"阅读经典!"这是他们的前人告诉他们的,他们也有了深切的体会,所以再来告诉他们的后代。

这是人类的生命关怀。

美国诗人惠特曼有一首诗:《有一个孩子向前走去》。诗里说:

有一个孩子每天向前走去,

他看见最初的东西,他就变成那东西,

那东西就变成了他的一部分……

如果是早开的紫丁香,那么它会变成这个孩子的一部分;如果是杂乱的野草,那么它也会变成这个孩子的一部分。

我们都想看见一个孩子一步步地走进经典里去,走进优秀。

优秀和经典的书,不是只有那些很久年代以前的才是,只是安徒生,只是托尔斯泰,只是鲁迅;当代也有不少。只不过是我们不知道,所以没有告诉你;你的父母不知道,所以没有告诉你;你的老师可能也不知道,所以也没有告诉你。我们都已经看见了这种"不知道"所造成的阅读的稀少了。我们很焦急,所以我们总是非常热心地对你们说,它们在哪里,是什么书名,在哪儿可以买到。我就好想为你们开一张大书单,可以供你们去寻找、得到。像英国作家斯蒂文生写的那个李利一样,每天快要天黑的时候,他就拿着提灯和梯子走过来,在每一家的门口,把街灯点亮。我们也想当一个点灯的人,让你们在光亮中可以看见,看见那一本本被奇特地写出来的书,夜晚梦见里面的故事,白天的时候也必然想起和流连。一个孩子一天天地向前走去,长大了,很有知识,很有技能,还善良和有诗意,语言斯文……

同样是长大,那会多么不一样!

自己的书

优秀的文学书,也有不同。有很多是写给成年人的,也有专门写给孩子和青少年的。专门为孩子和青少年写文学书,不是从古就有的,而是历史不长。可是已经写出来的足以称得上琳琅和灿烂了。它可以算作是这二三百年来我们的文学里最值得炫耀的事情之一,几乎任何一本统计世纪文学成就的大书里都不会忘记写上这一笔,而且写上一个个具体的灿烂书名。

它们是我们自己的书。合乎年纪,合乎趣味,快活地笑或是严肃地思考,都是立在敬重我们生命的角度,不假冒天真,也不故意深刻。

它们是长大的人一生忘记不了的书,长大以后,他们才知道,原来这样的书,这些书里的故事和美妙,在长大之后读的文学书里再难遇见,可是因为他们读过了,所以没有遗憾。他们会这样劝说:"读一读吧,要不会遗憾的。"

我们不要像安徒生写的那棵小枞树，老急着长大，老以为自己已经长大，不理睬照射它的那么温暖的太阳光和充分的新鲜空气，连飞翔过去的小鸟，和早晨与晚间飘过去的红云也一点儿都不感兴趣，老想着我长大了，我长大了。

"请你跟我们一道享受你的生活吧！"太阳光说。

"请你在自由中享受你新鲜的青春吧！"空气说。

"请你尽情地阅读属于你的年龄的文学书吧！"梅子涵说。

现在的这些"国际大奖小说"就是这样的书。

它们真是非常好，读完了，放进你自己的书架，你永远也不会抽离的。

很多年后，你当父亲、母亲了，你会对儿子、女儿说："读一读它们，我的孩子！"

你还会当爷爷、奶奶、外公和外婆，你会对孙辈们说："读一读它们吧，我都珍藏了一辈子了！"

一辈子的书。

✳ ✳ ✳

致安德里亚和海勒，我的超级英雄。

——凯特·迪卡米洛

致我的父亲，他将绘画才艺遗传给我。

——K.G.坎贝尔

Flora and Ulysses:
The Illuminated Adventures

目 录

005　第一章　　　一个天生的愤世嫉俗者
010　第二章　　　一只松鼠的内心世界
012　第三章　　　松鼠之死
013　第四章　　　一个乐于助人的愤世嫉俗者
017　第五章　　　松鼠的恩惠
019　第六章　　　突发情况
021　第七章　　　一只松鼠的灵魂
023　第八章　　　有用信息
027　第九章　　　整个世界都疯了
030　第十章　　　偷运松鼠
035　第十一章　　巨大的一桶清洁剂
041　第十二章　　邪恶势力
044　第十三章　　打字机
048　第十四章　　松鼠侠
052　第十五章　　电椅

001

055	第十六章	幻觉的受害者
060	第十七章	我闻到了松鼠的气息
065	第十八章	一场科学冒险
071	第十九章	一个不经意的"我"字
075	第二十章	它说
076	第二十一章	诗歌
081	第二十二章	巨大的耳朵
085	第二十三章	反面人物登场
089	第二十四章	围堵、追逐、恐吓、下毒……它遇到的那些倒霉事
091	第二十五章	海豹的油脂
100	第二十六章	间谍不哭
104	第二十七章	浸在美好气味中的世界
106	第二十八章	巨大的甜甜圈
110	第二十九章	咯吱咯吱
114	第三十章	太阳蛋
119	第三十一章	世事总是出人意料
122	第三十二章	甜甜圈上的糖霜
124	第三十三章	得了狂犬病会痒吗?

129	第三十四章	三十六计,走为上策
132	第三十五章	恐惧的气味
134	第三十六章	惊讶、愤怒、愉悦
138	第三十七章	与天使一同歌唱
144	第三十八章	无边的黑暗
150	第三十九章	滚落的眼泪
156	第四十章	战无不胜
158	第四十一章	我保证
163	第四十二章	不祥预感
166	第四十三章	嘴上抹蜜
171	第四十四章	言不由衷的心
176	第四十五章	四个字
180	第四十六章	比巨大更大
181	第四十七章	飞翔的松鼠
184	第四十八章	驱逐
189	第四十九章	好消息,弗罗拉!
193	第五十章	一个未完成的单子
198	第五十一章	恶灵附体

205	第五十二章	有可以形容的词汇吗？
208	第五十三章	标牌
212	第五十四章	亲爱的弗罗拉
216	第五十五章	一只石雕松鼠
219	第五十六章	绑架
223	第五十七章	力挽狂澜的图蒂
229	第五十八章	不是针对你
233	第五十九章	未知的目的地
238	第六十章	它是尤利西斯
242	第六十一章	我想回家
247	第六十二章	在巨型甜甜圈之巅
249	第六十三章	小鱼
253	第六十四章	奇迹
257	第六十五章	开门
262	第六十六章	求求你闭嘴吧，威廉！
268	第六十七章	那张马毛沙发
274	第六十八章	结束（或是另一个开始）
276	尾声	松鼠诗歌

夏日傍晚，蒂汉家的厨房里……

尤利西斯
2000

世界经典名诗选集

咳咳。

祝你生日快乐乐乐乐乐！

唐纳德，这是什么啊？

亲爱的，这是你的生日礼物！这个神奇的东西叫尤利西斯2000超级吸尘器！生日快乐！

尤利西斯 2000

不过就是个吸尘器。

这是尤利西斯2000！

它可是吸尘器中的明珠。它配备的超长电线让一切脏乱的东西和灰尘都在你的掌控之中。室内室外皆可使用，不留任何死角。总之，它无所不能！

好啊！

你一定得试用一下。快把它打开！

天哪，饶了我吧，唐纳德！

求你了。

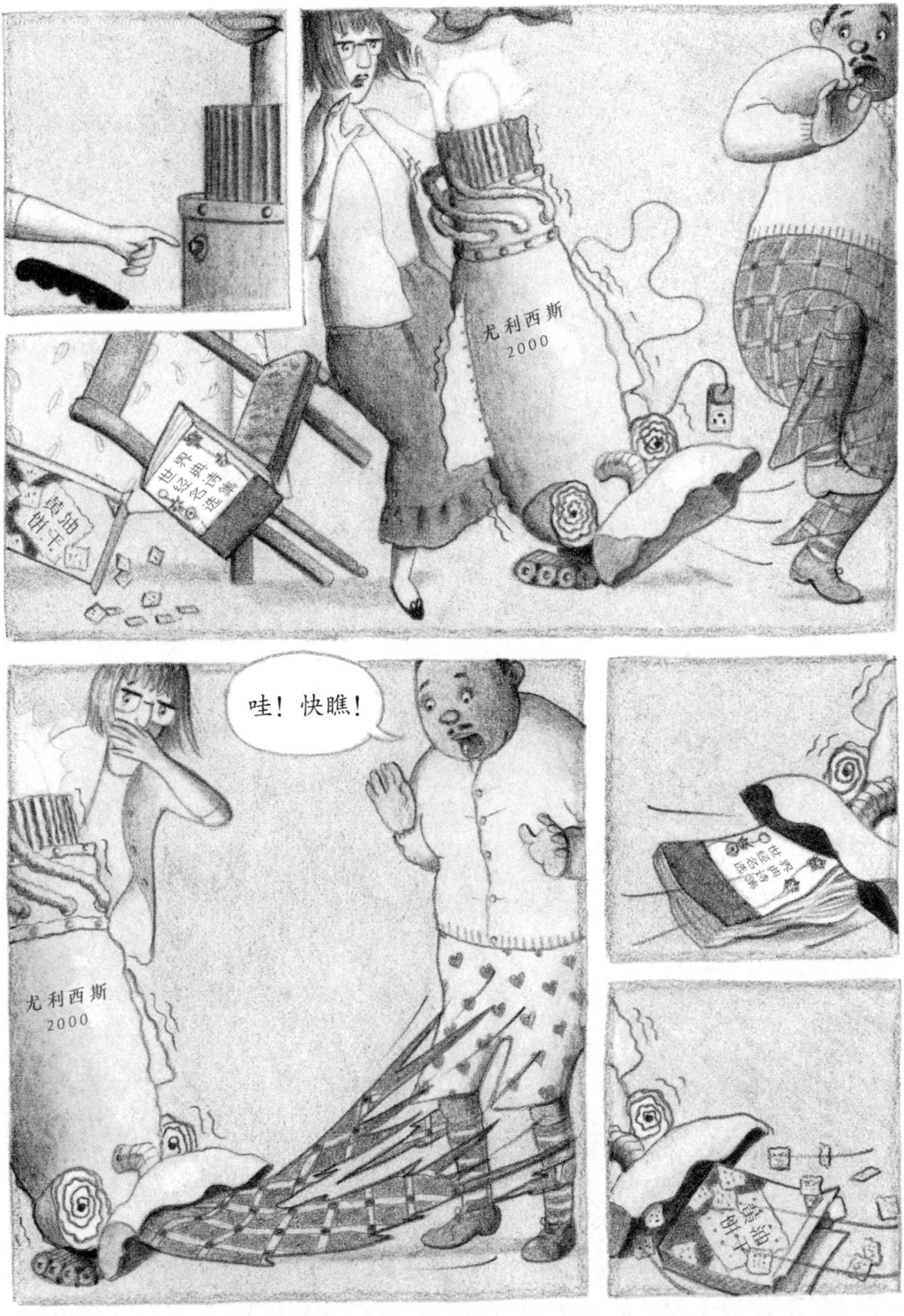
尤利西斯
2000
世界经典名诗选集
黄油饼干
哇！快瞧！
尤利西斯
2000
世界经典名诗选集
黄油饼干

> 这是什么鬼玩意儿啊?

> 要不你把它拿到外面去试试?

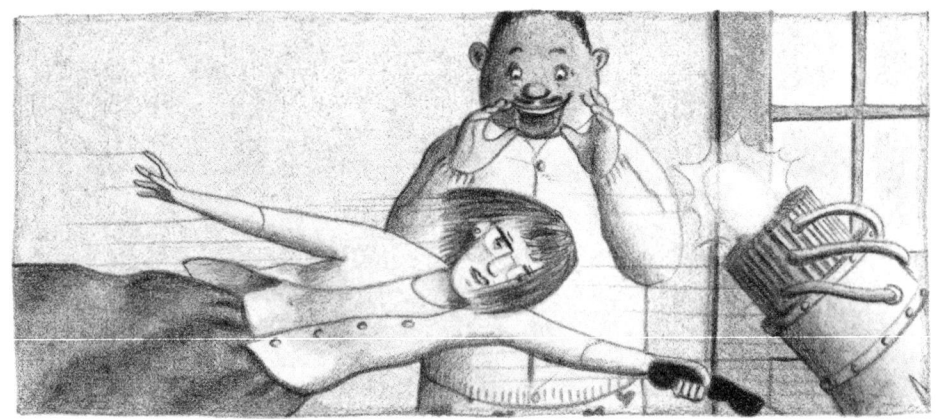

一切就这样拉开了序幕。
从一台吸尘器开始。
确实是这样。

第一章

一个天生的愤世嫉俗者

弗罗拉·巴克曼正坐在书桌前。她此刻可忙了,因为她正在同时做着两件事情——一边努力无视她的妈妈,一边读一本漫画书,书的名字叫作《神奇白炽灯侠的光明冒险》。

"弗罗拉,"妈妈叫道,"你在上面干什么呢?"

"我读书呢!"弗罗拉回答。

"记着点儿合同!"妈妈接着说,"千万别忘了合同!"

在夏天刚开始的时候,弗罗拉一时疏忽犯了错,她签了份合同,规定她要"努力远离那些没营养、乱哄哄的漫画,然后投入真正的文学之光中去"。

那份合同就是这么写的,都是她妈妈的手笔。

弗罗拉的妈妈是个作家,她离婚后,以写爱情小说为生。

爱情小说才是真正没营养、乱哄哄的东西。

弗罗拉讨厌爱情小说。

实际上,她讨厌爱情。

"我讨厌爱情!"弗罗拉大声对自己说。她喜欢这种说话的感觉。她想象着这些词全变成了漫画里对话框中的文字,浮在她脑袋上方。想说的话若能悬在头上,肯定是件很惬意的事,特别是这种关于爱情的反面论调。

妈妈常指责弗罗拉是个"天生的愤世嫉俗者"。

弗罗拉觉得她说得很对。

她是个天生的愤世嫉俗者,活着就要反抗合同!

是啊,弗罗拉想,这就是我。于是,她低下头继续读她的漫画书。

几分钟后,她的思绪被一声巨响打断了。

这响声就像一架小型飞机降落到了邻居蒂汉家的后院。

"这是怎么了?"弗罗拉纳闷儿地从书桌旁站起来向窗外望去,只见蒂汉太太正绕着自己家的后院跑来跑去,她身旁有一台闪闪发亮的超大号的吸尘器!

她看起来像是在给院子吸尘。

这不可能吧,弗罗拉想,谁会给院子吸尘啊?

实际上,蒂汉太太看起来好像根本不知道自己在干什么。这情形更像是那台吸尘器在掌控一切,它像是得了"失心疯",或者应该说是"发动机疯"。

"世界之大,无奇不有啊!"弗罗拉念叨着。

接着,她看到蒂汉太太和那台吸尘器直冲着一只松鼠而去。

"嘿,快看呀!"弗罗拉说道。

她一下撞到了玻璃窗上。

"小心!"她大叫道,"你要把那松鼠吸进去了!"

她说出这些话后,有一个奇怪的时刻,她仿佛看到这些字跑到气泡里挂在她的头上。

人们无法预知自己能说出什么话来,弗罗拉想,就好

> 你要把那松鼠吸进去了!

像你永远不会想到有一天你会喊出"你要把那松鼠吸进去了"这样的话来。

可是不管她说什么,也毫无帮助。因为弗罗拉离得太远了,而吸尘器发出的声响又太大了,而且它摆出的显然是毁灭一切的架势。

"这种不法行为必须被阻止。"弗罗拉用一种低沉的、超级英雄般的声音说。

"这种不法行为必须被阻止。"这是阿尔弗雷德每次变身为白炽灯侠前都要说的。说完这句话,他就会变成一个顶天立地的、抗击犯罪的巨大光柱。

不幸的是,阿尔弗雷德并没有出现。

在你需要白炽灯侠的时候,他在哪儿呢?

弗罗拉并不是真的相信超级英雄,但这一刻她还是有这样的疑问。

她站在窗边眼睁睁地看着那只松鼠被吸进去。

噗。哗。

"我的天哪!"弗罗拉说。

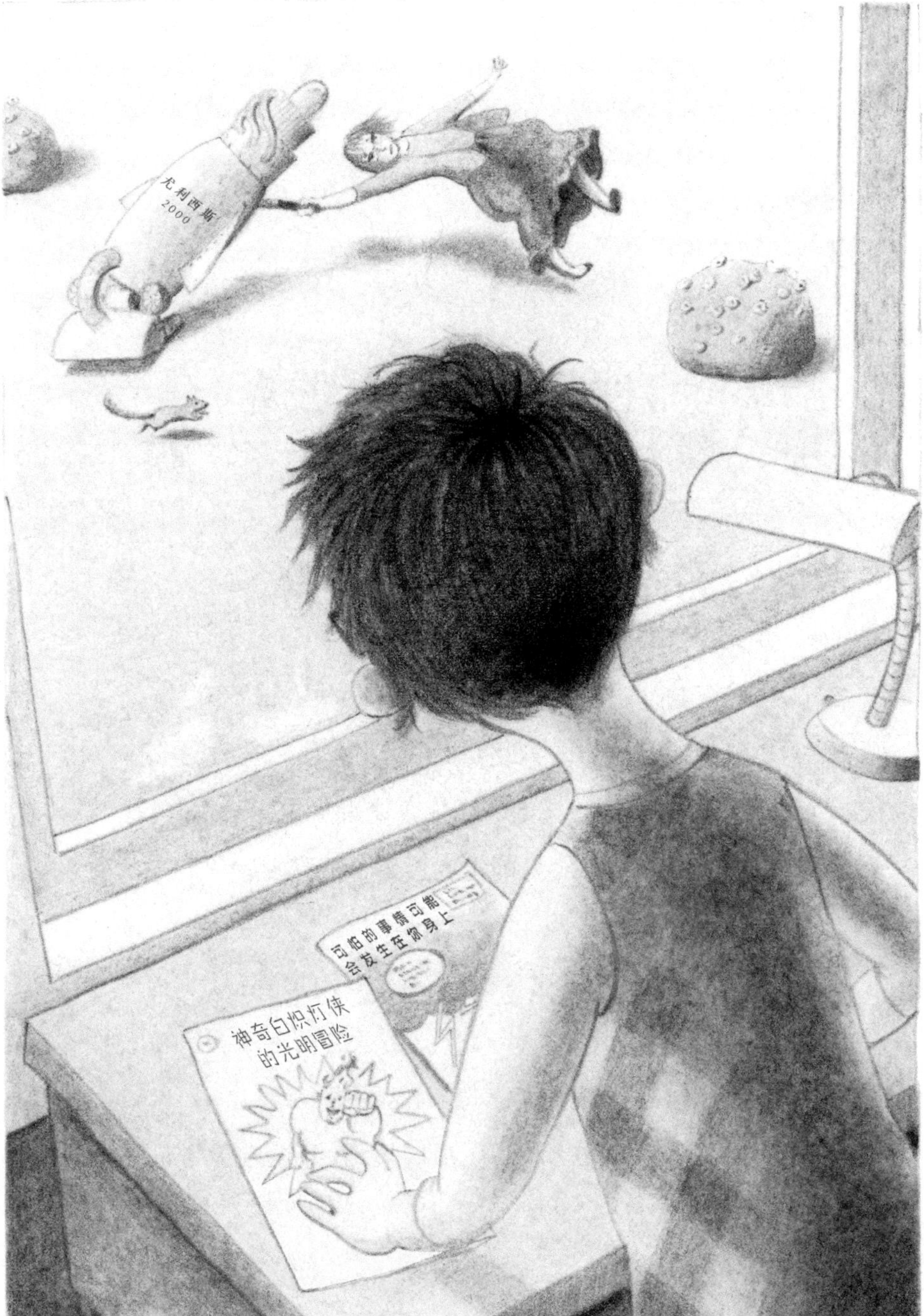
尤利西斯
2000
可怕的事情可能
会发生在你身上
神奇白炽灯侠
的光明冒险

第二章

一只松鼠的内心世界

一只松鼠的所思所想其实并不太多。

松鼠大脑的很大一部分都被一种想法占据了：食物。

松鼠一般都盘算着：我想知道哪儿有什么吃的。

这个想法一天之内会变着花样地重复六七千遍。（比如：吃的在哪儿？伙计，我确定我饿了。那是食物吗？哪儿还有更多的食物呢？）

以上都是想说，当那只松鼠在蒂汉家的后院被尤利西斯2000吸进去的时候，并没有什么意义深远的想法在它的脑海中闪过。

当吸尘器咆哮着冲向它的时候，它并没有思考诸如"难道我的命数已尽"之类的问题。

它没有想：哦，求求你，再给我一次机会，我会做得更好。

或许，它当时想的是：伙计，我确定我饿了。

然后，随着一声可怕的咆哮，它就被吸离了地面。

那时，在那颗松鼠脑袋里没有任何想法，也许连有关食物的想法也没有。

第三章

松鼠之死

看起来,即使对于一台动力强劲、不可战胜、室内室外皆可使用的尤利西斯2000来说,吞下一只松鼠的工作也未免有些艰巨了。蒂汉太太的生日礼物发出一声闷闷的咆哮后停止了工作。

蒂汉太太弯下腰打量着这台吸尘器。

那儿有一条尾巴垂在外面。

"天哪!"蒂汉太太说,"接下来该怎么办?"

她双膝跪地,试探性地拉了一下那条小尾巴。

然后,她站起来,环视着院子。

"救命啊!"她大叫道,"我想我杀死了一只松鼠。"

第四章

一个乐于助人的愤世嫉俗者

弗罗拉冲出她的房间,冲下楼梯。她边跑边想:作为一个愤世嫉俗者,我可真是乐于助人。

她从后门冲了出去。

妈妈叫住了她:"弗罗拉·巴克曼,你要去哪儿?"

弗罗拉没有回答。妈妈叫她弗罗拉·巴克曼的时候,她从不回答。

有时,妈妈叫她弗罗拉,她也装听不见。

弗罗拉穿过高高的草丛,然后越过她家和蒂汉家院子间的栅栏,就来到了事发现场。

"让开些。"弗罗拉说。她将蒂汉太太推开,然后抓起吸尘器。这东西可真沉!她把它拎起来晃动,不管用。于是,

她晃动得更用力一些,那只松鼠便从吸尘器里掉了出来,"噗"的一声摔在草地上。

它看起来不太好。

它掉了好多毛。应该是被吸尘器吸掉的,弗罗拉这么认为。

它的眼皮轻轻颤动,胸口起伏着。突然,一切动作同时停止了。

弗罗拉跪下去,将一只手指按在松鼠的小胸膛上。

在每一期《神奇白炽灯侠的光明冒险》后面,都有一些赠送的漫画章节。其中,弗罗拉最喜欢的一段漫画叫作《可怕的事情可能会发生在你身上》。弗罗拉觉得,对万事都提前做好准备是种明智的处世态度。谁能知道接下来会发生什么可怕的、难以预知的事情呢?

《可怕的事情可能会发生在你身上》细致地讲述了如何应对一些突发事件。比如,你在疏忽大意之下,误吞了塑料水果该如何做(这种情况比你想象的更常发生,一些塑料水果确实看起来跟真的一样);比如,你上了年纪的姨妈在吃自助大餐的时候被一块牛排噎住了,你该如何施行海姆立克急救法;比如,一大群蝗虫飞过来的时候,你正巧穿

尤利西斯
2000

了一件带条纹的衬衫,你该怎么办(快跑!蝗虫喜欢吃条状的东西)。当然,还有如何实施所有人都喜欢的救生技巧——心脏复苏术。

可是,《可怕的事情可能会发生在你身上》没有告诉人们如何给一只松鼠做心脏复苏。

"我会想出办法来的。"弗罗拉说。

"你有什么办法?"蒂汉太太问。

弗罗拉没有回答她,她弯下腰将自己的嘴唇覆在松鼠的嘴上。

那感觉和味道很奇怪。

如果必须要她形容,她会说感觉像在亲吻一只松鼠——毛茸茸的、微微潮湿的,还有一点点坚果味。

"你疯了吗?"蒂汉太太说道。

弗罗拉依然没有理她。

她向松鼠的嘴中吹气,然后按压它那小小的胸膛。

她开始计数。

第五章

松鼠的恩惠

松鼠的大脑里发生了一些奇怪的事。

一切都变得空旷、漆黑。继而,在这片漆黑的空旷里,一道光射进来,那么美丽,那么刺眼,松鼠不得不转过头来。

一个声音在和它说话。

"那是什么?"松鼠问。

那道光更亮了。

那声音再度响起。

"好的,"松鼠说,"听你的。"

其实它并不确定自己答应了什么,不过这不重要,因为它感到非常快乐。它仿佛在一片由光汇成的大湖上漂

浮,而那声音在对它歌唱。哦,这太美妙了,从没有过这样美好的时刻。

接着是一阵巨大的声响。

松鼠听到了另一个声音。这声音在数数。那道光慢慢减弱了。

"呼吸!"新出现的声音大喊。

松鼠照做了。它做了几个深入肺腑的吐纳,一吸一呼,一吸一呼。

松鼠复活了。

第六章

突发情况

"好了,它又有呼吸了。"蒂汉太太说。

"是啊,"弗罗拉说,"它又活了。"一股自豪感油然而生。

松鼠翻身爬起来。它抬起头,一双眼睛闪闪发光。

"天哪!"蒂汉太太说,"瞧瞧它。"

她轻声地笑着,摇了摇头。接着,她大笑起来,越笑越大声,一直笑到身体都开始发抖。

她怎么了?难道她得了什么会引发痉挛的病?

弗罗拉试图回忆《可怕的事情可能会发生在你身上》里应对痉挛的建议。书上说的似乎是,遇到这种情况,为防止舌头被牙齿咬伤,要把舌头从牙齿间拉出来,或者找一

根小棍压住舌头。

弗罗拉刚救了一只松鼠的命,她没有理由不救蒂汉太太的舌头。

夕阳西下。蒂汉太太继续歇斯底里般大笑。

于是,弗罗拉开始在蒂汉家的后院里寻找小棍。

第七章 一只松鼠的灵魂

松鼠有点儿站不稳。它觉得自己的脑子比以前大了,就好像它思想的黑屋里那许多扇门(它以前都不知道有这些门的存在)突然间都敞开了。

所有的事情似乎都变得有意义了。

但是,松鼠终究还是松鼠。它很饿,非常饿。

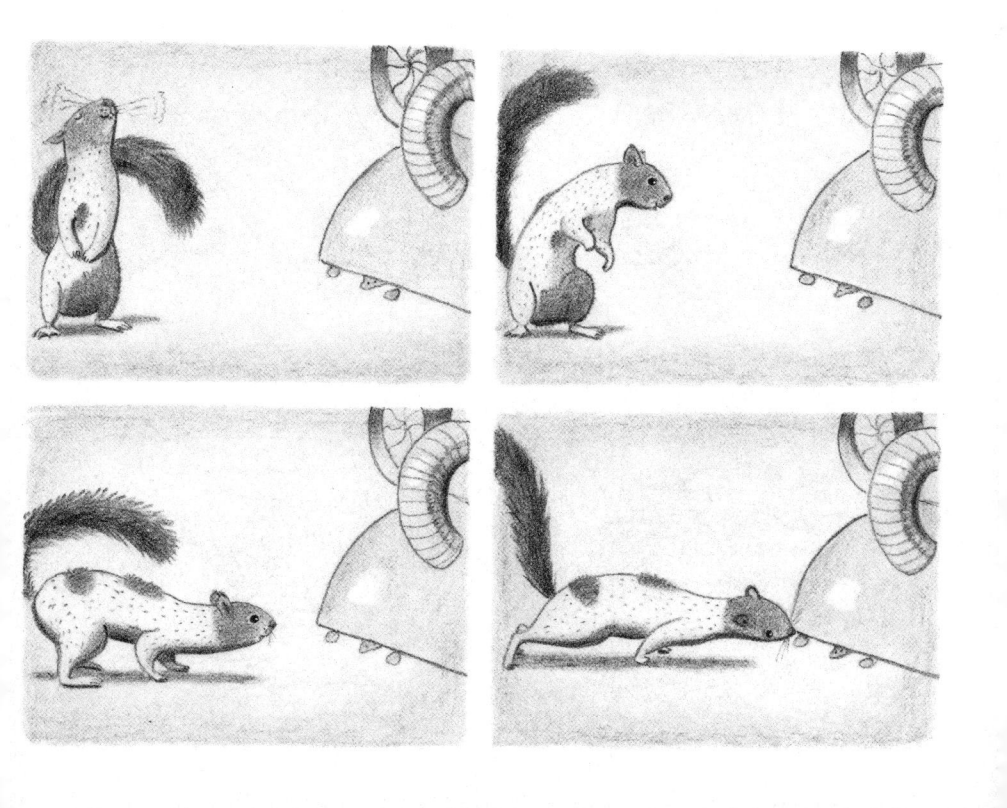

有谁知道在这最平凡的生物体内,究竟藏了多少令人震惊的事情?

第八章

有用信息

弗罗拉和蒂汉太太同时注意到了这一幕。

"这松鼠……"弗罗拉说。

"这吸尘器……"蒂汉太太说。她的大笑声停止了。

她俩一齐盯着尤利西斯2000,当然还有把它高举过头的松鼠。

"这不可能啊!"蒂汉太太说。

松鼠又晃了晃吸尘器。

"这不可能啊!"蒂汉太太说。

"你已经说过这句话了。"弗罗拉说。

"我在重复自己说过的话?"

"你在重复自己说过的话。"

"可能我脑子里长了个瘤子。"蒂汉太太说。

蒂汉太太的脑子里很有可能有个瘤子。弗罗拉从《可怕的事情可能会发生在你身上》里了解到,相当多的人脑子里都有瘤子,而他们自己并不知情。这就是悲剧所在。它就在那儿,陪伴着你,等待着爆发,但是你毫不知情。

如果你足够认真,又勤于思考,你是可以从漫画书中得到这种有用信息的。

你从漫画的日常阅读中(当然更多是从《可怕的事情可能会发生在你身上》的阅读中)获得的其他信息是——不可能的事情时有发生。

举例来说,那些英雄、超级英雄都因为一些荒谬的、不大可能的事情而出现,例如,人被蜘蛛咬了,化学物质泄漏,小行星撞击地球之类的。以阿尔弗雷德的情况来说,他就是意外地掉进一个工业用的大桶里,被清洁剂没了顶,然后就变成了白炽灯侠!

"我觉得您没有长脑瘤。"弗罗拉说,"可能还有什么其他的解释。"

"嗯哼?"蒂汉太太说,"什么其他的解释?"

"您听说过白炽灯侠吗?"

"什么东西？"蒂汉太太问。

"应该用'谁'。"弗罗拉说，"白炽灯侠是个人。他是个超级英雄。"

"好吧，但你要说的是……"

弗罗拉举起自己的右手，用一只手指指着那只松鼠。

"你肯定不是在说……"蒂汉太太说。

松鼠把吸尘器放回地面。它笔直地站在那儿，打量着面前的这两个人。它的胡须轻轻抖动着，脑袋上还满是饼干屑。

它是一只松鼠。

但它可不可以也是一个超级英雄呢？

阿尔弗雷德是一个清洁工。大多数时候，人们对他视若无睹。有时（实际上是经常）人们对他相当轻慢。人们不知道他所做的那些震惊世人的英勇事迹，还有他身上发出的不可直视的光芒，是平凡的外表掩盖了这一切。

唯独阿尔弗雷德的长尾小鹦鹉——多洛雷斯，知道他是谁，能够做什么。

"全世界都误解了他。"弗罗拉说。

"的确，世事就是这样。"蒂汉太太说。

"图蒂!"蒂汉先生从后门喊过来,"图蒂,我饿了!"

图蒂?

多逗的名字啊!

弗罗拉忍住要把这句话说出来的巨大冲动。"图蒂!"她说,"听着,图蒂。现在进去,喂饱你的丈夫。跟他、跟谁都别说今天发生的任何事情。"

"好吧。"蒂汉太太说,"什么都不说。喂饱我的丈夫。对,好吧!"说完,她慢慢向她的房子走去。

蒂汉先生的声音传过来:"你的吸尘器用完了吗?尤利西斯怎么样?你打算就把它扔在那儿?"

"尤利西斯。"弗罗拉轻声说。一阵凉意从她的后脑勺沿着脊柱蹿过,当她听到那个词的时候,她知道那正是她要找的。

"尤利西斯。"她重复着这个名字。

她弯下身向那只松鼠伸出手。

"过来,尤利西斯。"她说。

第九章

整个世界都疯了

她对它说话。

而它听懂了。

她说的是:"过来,尤利西斯。"

它想都没想,就向她走了过去。

"没关系的。"她说。

它信任她。这太让人震惊了。一切都是那么不可思议!西沉的夕阳将每棵小草都镀上一层金色,昏黄的光线从弗罗拉的眼镜片上反射出来,给她圆圆的头勾勒出一个光圈,这暖融融的光仿佛把世界都引燃了。

这只松鼠想:世间万物什么时候变得这么美丽了?这美丽一直都在吗?怎么我之前从没发现?

"听我说，"弗罗拉说，"我的名字叫弗罗拉。你的名字叫尤利西斯。"

好的，松鼠想。

她把手放在它身上，将它抱起来，安置在自己的臂弯里。

它除了快乐什么都感觉不到了。它以前为什么那么害怕人类呢？它无法想象。

实际上，它可以想象。

曾经，有个男孩用气枪伤害了它。

确实，它曾经和人类有过许多大大小小的摩擦（有的涉及气枪，有的不涉及）。但所有的经历都是暴力的、恐怖的，甚至是毁灭灵魂的。

但它已获得新生！

它已经不是以前的那只松鼠了。它感到自己与众不同——强壮、聪明、无所不能，还有——饥饿。

它真的好饿，好饿……

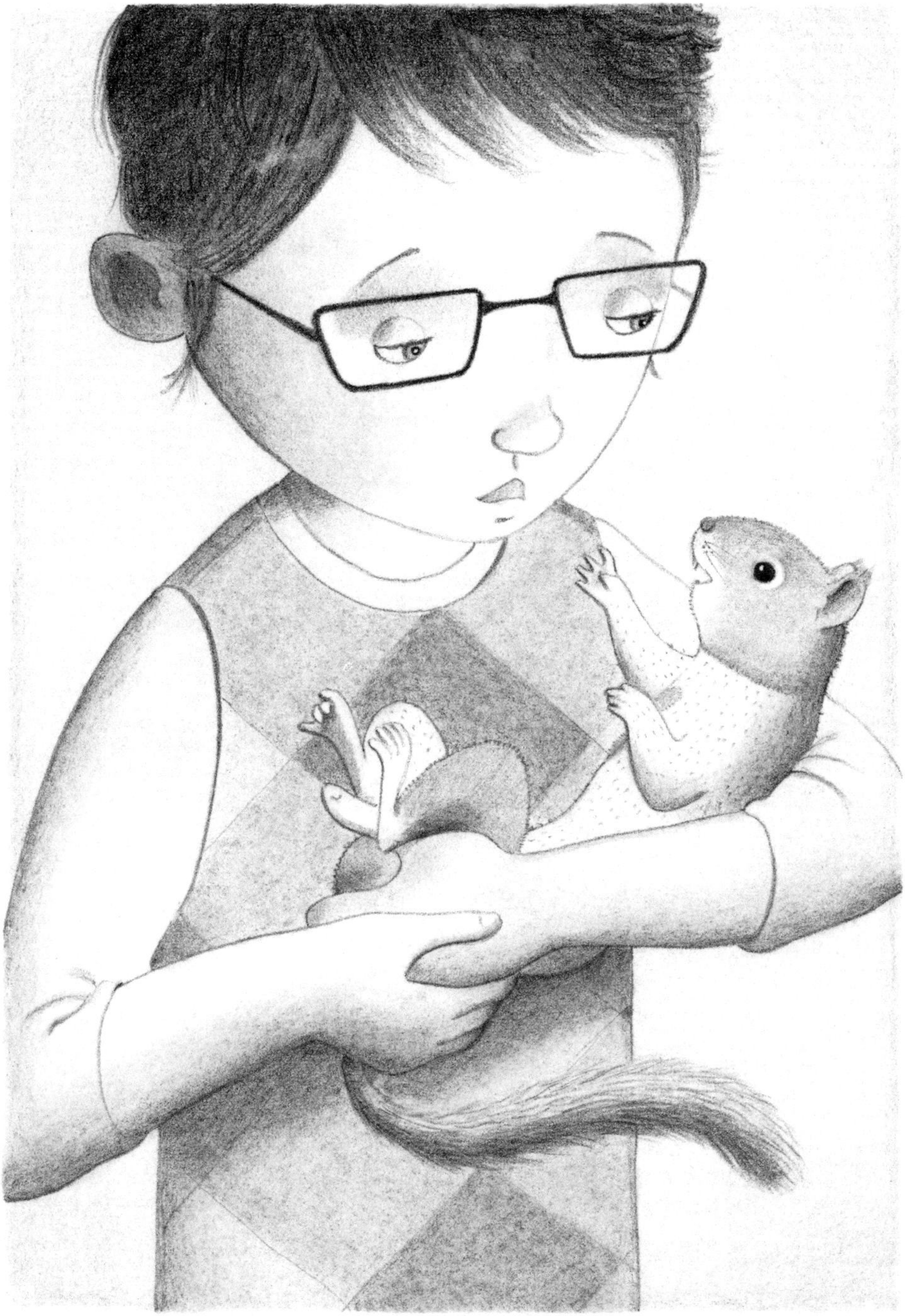

第十章

偷运松鼠

弗罗拉的妈妈此刻正在厨房里打字。这是一台老式打字机,当她敲击按键时,厨房的桌子就随之颤动,架子上的碟子也发出"咯咯"的响声,继而抽屉里的银器也会随之响起富有金属质感的警告声。

弗罗拉认为,写作就是导致她父母离婚的一个很重要的原因。并不是写作带来的噪音,而是写作本身。特别是,写爱情故事本身。

弗罗拉的爸爸说过:"我觉得,你妈妈太过爱她那些关于爱的书,而她已经不再爱我了。"

她的妈妈也说过:"你爸爸的脾气那么古怪,就算是爱情从他面前的汤里站起来唱歌,他也毫无反应。"

弗罗拉想象不出，爱情为什么要站在一碗汤里唱歌。不过,她爸妈就是常说这种傻话。而且,即使他们假装在跟弗罗拉说话,其实他们说的话也都是讲给对方听的。

这一切都让人不快。

"你在干什么？"妈妈问。她嘴里正含着一根棒棒糖,这让她说起话来有点儿奇怪。弗罗拉的妈妈以前吸烟后来戒了,不过她打字的时候还是得放点儿东西在嘴里,所以她经常吃棒棒糖。她现在吃的这一根是橙子口味的,弗罗拉可以从空气中的丝丝甜香中闻出来。

"哦,没什么。"弗罗拉回答,瞥了一眼臂弯中的松鼠。

"好。"妈妈说。她头也没抬地把打字机"叮"的一声推到下一行,继续一刻不停地打字。"你还站在那儿吗？"妈妈问,她又打出几个字,接着又把打字机推到下一行,"我马上到交稿日了。你站在那儿,喘气喘成那样,我没法儿集中精力。"

"我能停止喘气。"弗罗拉说。

"哦,别逗了。"妈妈说,"快上楼去洗手。咱们马上开饭。"

"好的。"弗罗拉答道。她从妈妈身旁走过,来到客厅,臂弯里面牢牢地坐着尤利西斯。这看起来有些不可能,但却是真的。她成功地将这只松鼠偷运进屋,就在妈妈的眼皮子底下,真真切切。

在楼梯下有一盏小牧羊女落地灯,她正站在那儿等着弗罗拉。她的两腮被涂得粉红,脸上泛着假笑。

弗罗拉讨厌这个小牧羊女。

妈妈用写第一本书的稿酬买了这盏灯。那本书的名字叫《在愉悦的翅膀上》,弗罗拉长这么大还没听过比这更傻的书名。

这盏灯是妈妈从伦敦订的。当灯终于到达时,她拆开包装,将电源插上,然后鼓掌道:"哦,我的灯宝贝太漂亮了!她多美啊!我真是全心全意地爱她!"

妈妈从来没夸赞过弗罗拉漂亮。她从没说过她全心全意地爱她。幸运的是,弗罗拉觉得自己与众不同,她并不在意妈妈是否爱她。

"我想我就叫她玛丽安吧。"妈妈说。

"玛丽安?"弗罗拉说,"你要给一盏灯起名字?"

"玛丽安,迷失之境的牧羊女。"妈妈很陶醉地说。

"谁?谁迷失了?"弗罗拉问。

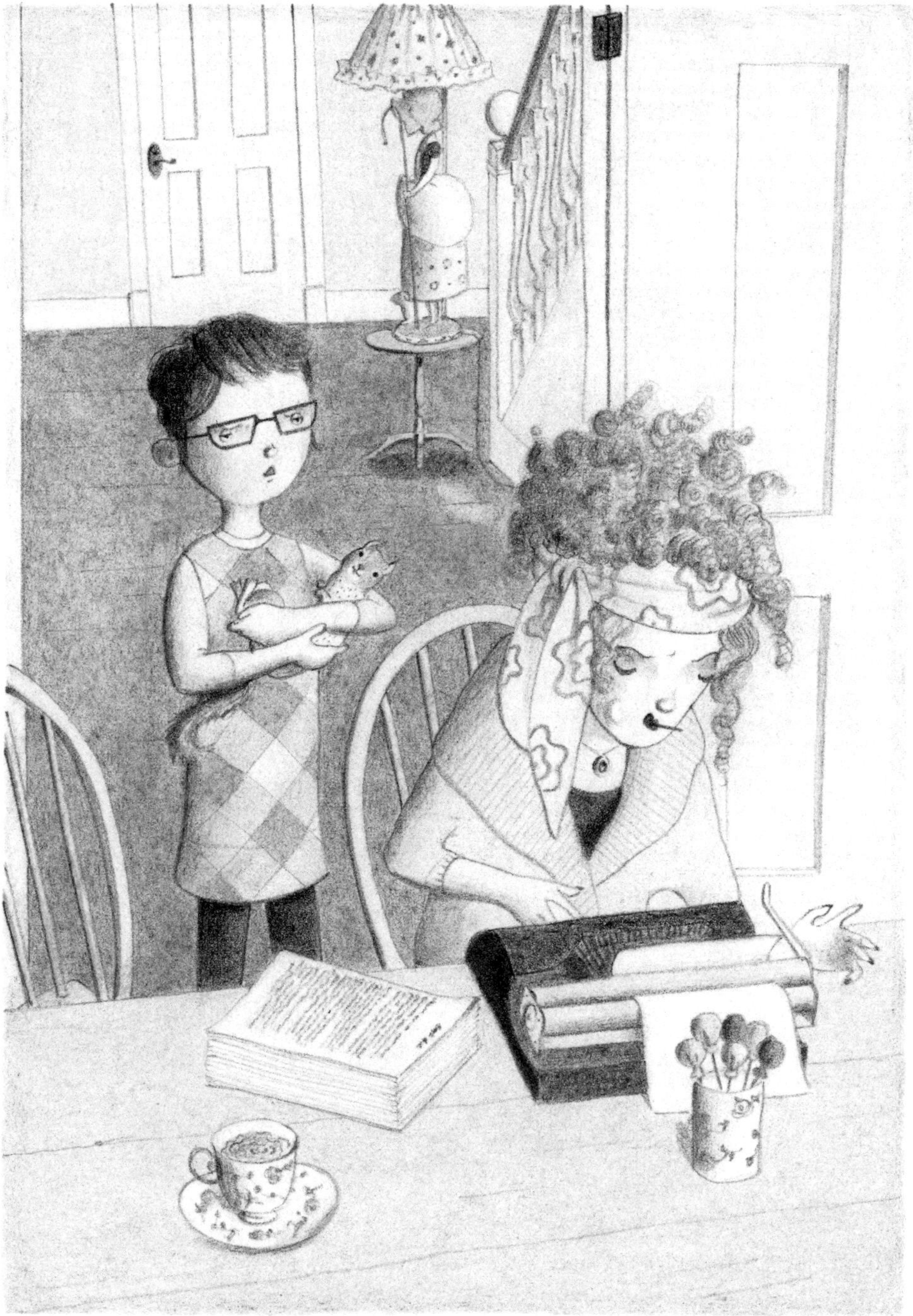

但妈妈根本没打算回答她的问题。

"这个,"弗罗拉对松鼠说,"就是小牧羊女,她的名字叫玛丽安。不幸的是,她也住在这儿。"

松鼠端详着玛丽安。

弗罗拉眯起眼睛,也盯着这盏灯看。

她知道这很可笑,但有时她就是觉得玛丽安知道些她不知道的事情,这个小牧羊女掌握着一些黑暗的、可怕的秘密。

"你这盏愚蠢的灯!管好你自己的事情吧!看好你的羊。"

实际上,只有一只羊,一只小小的羊羔蜷缩在玛丽安那双穿着粉色拖鞋的脚上。弗罗拉总想问问小牧羊女:"如果你牧羊技术好,那你其他的羊去哪儿了呢?"

"咱们不理她。"弗罗拉对尤利西斯说。

她从自命不凡、闪闪发光的玛丽安那里掉转头,爬楼梯进了自己的屋子。她一直把尤利西斯轻柔地、小心地抱在自己的臂弯里。

它不会闪闪发光,但对于这样一个小小的身体来说,它可真令人感到温暖!

第十一章

巨大的一桶清洁剂

她把尤利西斯放到床上,它小小的身体坐在那儿,在头顶明亮灯光的照射下显得更小了。

它看起来秃秃的。

"天哪!"弗罗拉说。

这只松鼠看上去是没有什么英雄样。不过,那个有着近视眼又平淡无奇的清洁工阿尔弗雷德看起来也和英雄不沾边。

尤利西斯抬起头看看弗罗拉,然后又低头看看自己的尾巴。尾巴还在,它看起来像是放心了一些。它把鼻子贴近尾巴,慢慢地闻着。

"我希望你可以听懂我说的话。"弗罗拉说。

松鼠抬起头,盯着她。

"哇!"弗罗拉说,"棒极了!但是,我没办法知道你的想法。这是个小问题。不过,我们会找到办法交流的,对吧?如果你能听懂我说的话,就点点头吧。像这样。"

弗罗拉点了点头。

接着,尤利西斯也点了点头回应她。

弗罗拉的一颗心瞬间悬了起来。

"我要试着解释一下在你身上发生的事,好吗?"

尤利西斯快速地点点头。

弗罗拉的那颗小心脏都提到嗓子眼儿了。她满心期待,闭上了双眼。"不要盲目期待。"她对自己的心说,"不期待,取而代之的是,观察。"

"不期待,取而代之的是,观察。"这是《可怕的事情可能会发生在你身上》里经常出现的一条建议。根据书里说的,"盲目期待"有时会挡住"付诸行动"的去路。举例来说,如果你那上了年纪的姨妈在吃自助大餐时被一块牛排噎住了,你却对自己说:"我真希望她没有被噎住。"这样你就浪费了救人性命的宝贵时间。

"不期待,取而代之的是,观察。"这是弗罗拉觉得特别有用的一句话。她常常对自己默念。

"好的。"弗罗拉说。她睁开眼睛,看着松鼠,"你刚刚被吸尘器吸进去了。也正是因为你被吸尘器吸过,你可能就获得了,嗯,某种能力。"

尤利西斯用疑惑不解的神情看着她。

"你知道什么是超级英雄吗?"

尤利西斯继续盯着她。

"好吧,"弗罗拉说,"你当然不知道。超级英雄就是有超能力的人,他会使用这些超能力与邪恶势力做斗争。比如说,阿尔弗雷德,他也叫白炽灯侠。"

尤利西斯有点儿紧张地眨了眨眼。

"看!"弗罗拉说着把《神奇白炽灯侠的光明冒险》从书桌上抓过来,指着穿着清洁工制服的阿尔弗雷德。

"看到了吧?这就是阿尔弗雷德。他是个平淡无奇、近视、结巴的清洁工,他的工作就是打扫帕塔威保险公司大楼里的所有办公室。他在自己的小公寓里安静地生活,只有鹦鹉多洛雷斯和他做伴。"

尤利西斯低头看看阿尔弗雷德的画页,又抬头看看弗罗拉。

"但是,有一天,发生了一件大事。阿尔弗雷德到一个专门生产清洁剂的工厂参观,他脚下一滑,掉进了一个巨大的盛放清洁剂的桶里。这件事彻底改变了他。所以现在,每当有重大事件发生,或者有不法行为出现时,阿尔弗雷德就会变成……"弗罗拉快速地翻着漫画书,停在了画着闪闪发光、威力无穷的白炽灯侠的那一页上。

"白炽灯侠!"弗罗拉的声调提高了很多,"看到了吧?阿尔弗雷德化身为一道代表正义的巨大光柱,那么明亮耀眼,连十恶不赦的坏蛋在他面前也忍不住发抖,只能乖乖认罪!"

弗罗拉突然意识到自己太激动了。

她低头看看尤利西斯。它的眼睛在那张小脸上显得又大又圆。

弗罗拉努力让自己平静下来。她放低了声音。"作为白炽灯侠,"她说,"阿尔弗雷德将他的光芒洒到了宇宙中每个黑暗的角落。他不但是个能飞翔的英雄,还经常去敬老院照看老人。这就是超级英雄!我觉得你也可能成为一个超级英雄。我认为你拥有某些超能力,至少,你力气很大。"

"弗罗拉!"妈妈在喊她,"下楼来!晚餐好啦!"

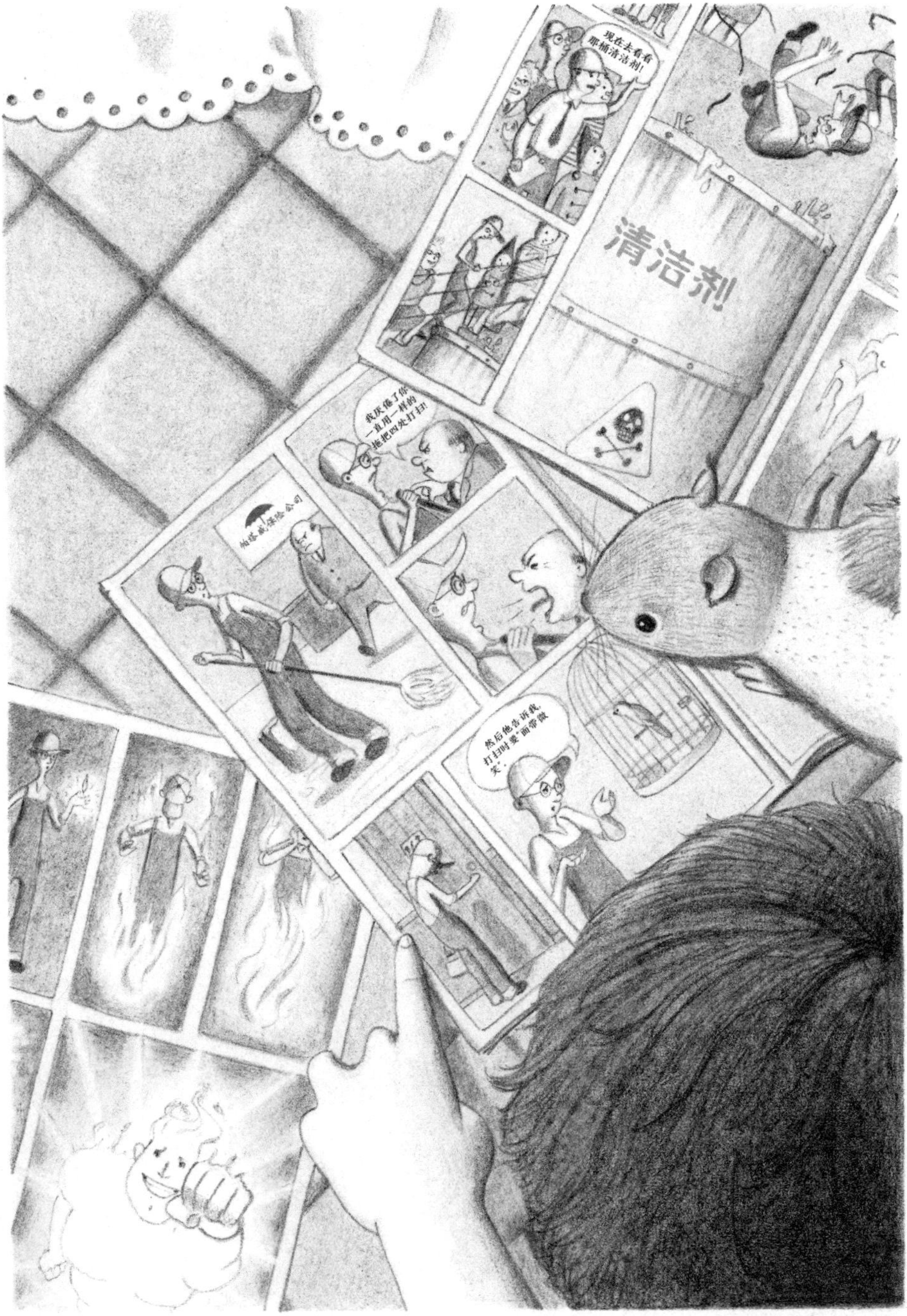
现在去看看
那桶清洁剂！
清洁剂
我厌倦了你
一直用一样的
拖把四处打扫！
然后他告诉我，
打扫时要"面带微
笑"。

"但你还能做什么呢?"弗罗拉对松鼠说,"如果你真是一个超级英雄,你将如何对抗邪恶?"

尤利西斯皱起了眉头。

弗罗拉弯下腰,把脸靠近它:"想一想。想想我们能够做些什么。"

"弗罗拉!"妈妈大喊,"我能听到你在楼上自言自语。你不应该自己跟自己说话。人们听到了会觉得你有毛病。"

"我没有自言自语!"弗罗拉喊回去。

"好吧,那你在和谁讲话?"

"一只松鼠!"

楼下好久都没有动静。

"这一点儿都不好笑,弗罗拉。现在、马上、立刻下楼来!"妈妈有些生气了。

第十二章

邪恶势力

弗罗拉用过晚餐后回到房间。尤利西斯蜷缩成一个小球,在她的枕头上睡着了。她伸出手,用一根手指头碰了碰它的额头。

它的眼皮动了几下,但没有睁开眼。

她把枕头抱起来,小心翼翼地移到了床边。她换了睡衣,躺在床上,想象着有两行字出现在她眼前的天花板上:

松鼠超级英雄此刻就睡在她脚边。

她一点儿都不孤单。

"对极了!"她说。

在爸爸搬走之前,他经常在晚上坐在她身旁,给她读《神奇白炽灯侠的光明冒险》。这是他最喜欢的漫画书。阿

尔弗雷德和多洛雷斯总能让他高兴起来。爸爸模仿鹦鹉说话模仿得惟妙惟肖。"我的天哪!"他学着多洛雷斯的声音说,"世事总是出人意料啊!"

"世事总是出人意料啊!"每当一些难以预料或者难以置信的事情发生时,多洛雷斯就会说这句话,所以它几乎总在说这句话。当你成为白炽灯侠的宠物鹦鹉,你的生活也会随之变得多姿多彩。

弗罗拉坐起来看着沉睡中的小松鼠。

"世事总是出人意料啊!"她也学着多洛雷斯的声音说。

还是爸爸学得更像些。

他已经好久没说过这句话了。实际上,他已经好久都没怎么说话了。爸爸是个悲伤、安静的男人,离婚让他变得更加悲伤和安静了。弗罗拉倒能适应这样的生活。真的,她本来就不喜欢聊天儿。

阿尔弗雷德也是个安静的人。甚至,当他不小心掉进清洁剂大桶里的时候,他都什么动静也没出,连"哎哟"一声都没有。

但他头上出现了几行字,这几行字弗罗拉的爸爸给她

读过好多遍,以至于她已经铭记在心:

他只是个不起眼的看门人,但他敢向宇宙中的黑暗势力宣战。

你怀疑他?不要怀疑。阿尔弗雷德为挑战邪恶而生。

他会成为世人皆知的白炽灯侠!

弗罗拉躺了回去。如果这松鼠在漫画里,她想,当它被吸尘器吸进去的时候,它的头上会出现什么字呢?

它只是一只不起眼的小松鼠。

是啊。

但它很快就会向各路坏蛋宣战。

它会守卫无助者并保护弱势者。

这听起来也不错。

它会成为世人皆知的尤利西斯!

我的天哪!任何事都可能发生。她和尤利西斯一起,也许可以改变世界,或者成就什么别的事情。

"不要期待,取而代之的是,观察。"弗罗拉喃喃自语着让自己冷静下来,"先好好观察这只松鼠。"

之后,她进入了梦乡。

第十三章

打字机

它在黑暗中醒来,心跳得飞快。有事发生了,是什么事来着?

它无法思考。

它饿得无法思考。

它坐起来环视这间屋子。它在床上,弗罗拉的脚丫在它眼前。她正打着鼾。它能看到她的头那圆圆的轮廓。它喜欢她那圆圆的头。

不过,它好饿啊!

卧室的门是开着的。尤利西斯跳下枕头出了屋子。它蹑手蹑脚地爬过黑漆漆的过道,跑下楼梯,路过小牧羊女。

整栋房子都漆黑一片,只有厨房透出一丝光亮。

厨房!

那正是它要去的地方!

它抬高鼻子嗅了嗅。它闻到了奶酪味,太美妙了!它跑过客厅和餐厅,直冲进厨房。它爬到料理台上。就是它了!一袋芝士条正静静地躺在那里。它开始大嚼特嚼。太美味啦!

也许还有更多的芝士条。

它打开一扇壁橱门。没错,里面有一个大袋子,正面用金色的漂亮字体印着"芝士的狂热爱好者"。

它一直吃到袋子空空如也,然后轻轻地、心满意足地打着饱嗝儿,打量起厨房来。

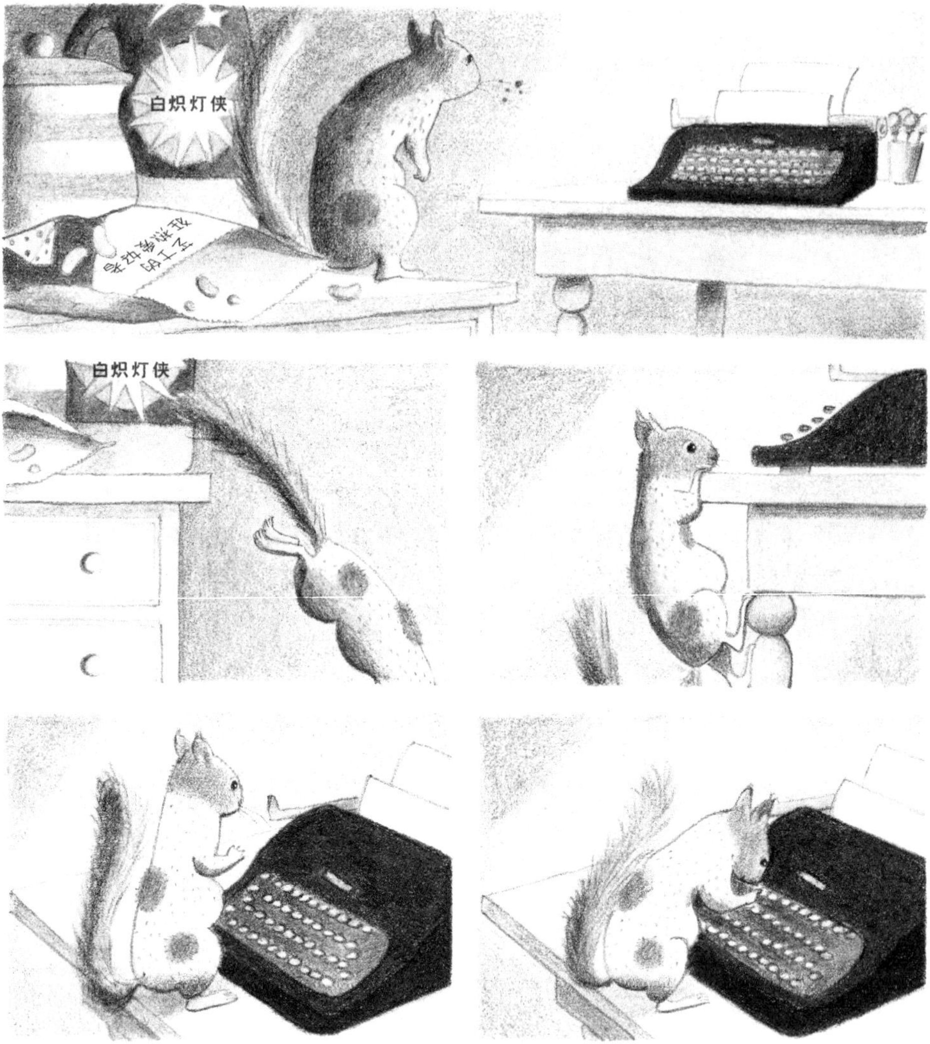
白炽灯侠
白炽灯侠

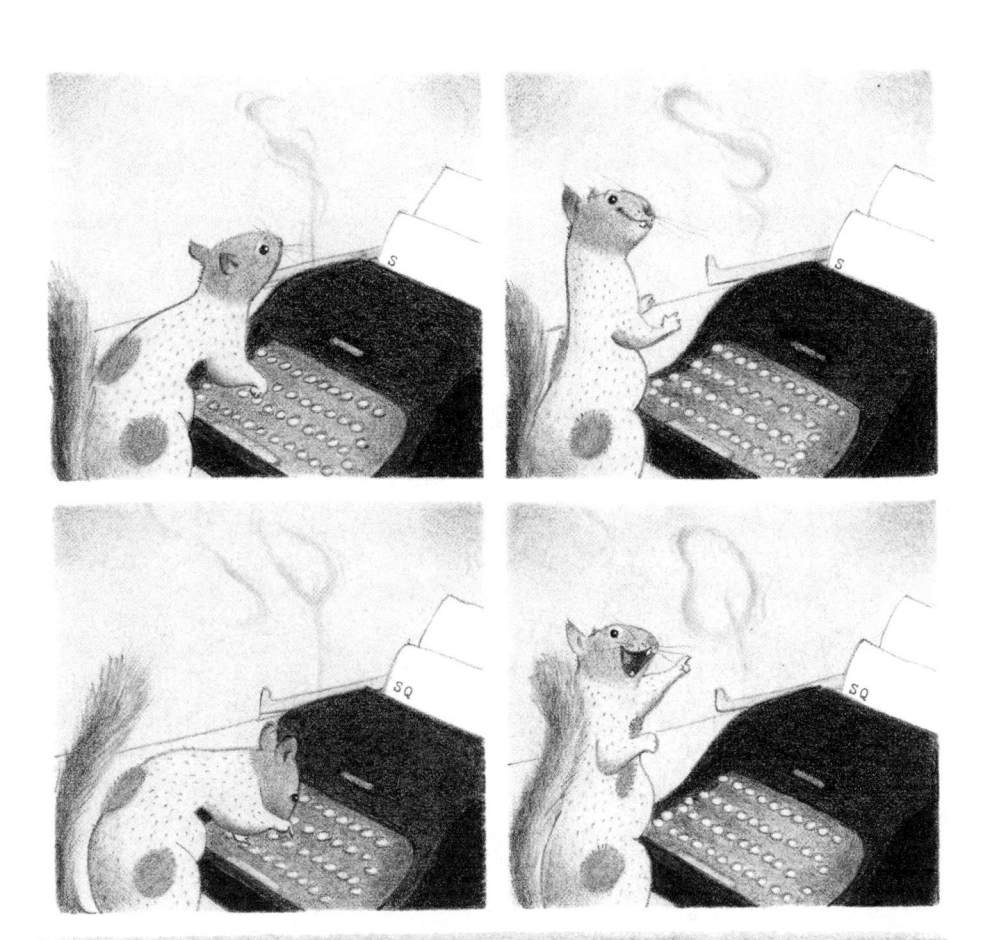

在漆黑的厨房里，不起眼的小松鼠慢慢地鼓捣着。
它的胡须轻轻抖动。
它的心在放声歌唱。
它在对抗邪恶吗？
谁知道呢？

第十四章

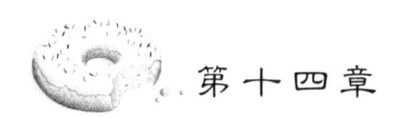

松鼠侠

"弗罗拉·巴克曼！现在就下楼来！"

"不要叫我弗罗拉·巴克曼。"弗罗拉嘟囔着,睁开了眼睛。

房间里充满着明亮的阳光。弗罗拉刚从一个美梦中醒来。梦到什么来着?

她梦到了一只松鼠。它可以飞翔,两只前爪向前伸,尾巴直直地向后伸。这只松鼠是要去救人!它看起来有着超乎寻常的、华丽的英雄气概。

弗罗拉坐起来朝她的脚边看去。尤利西斯就在那儿,在枕头上沉沉地睡着。而且,它看起来确实英雄气十足。它的身上笼罩着光晕,就像白炽灯侠!只是它身上的颜色更偏黄色一些,确切地说,它整个都变成黄色的了。

"这是怎么回事?"弗罗拉说。

她倾身过去,用一只手指碰了碰尤利西斯的耳朵。她举起这只手指对着阳光。芝士!它全身都沾着芝士粉末。

"哇!"

"弗罗拉!"妈妈喊道,"我可不是在开玩笑。马上下楼来!"

弗罗拉走下楼梯,经过那个双颊泛着粉红色的小牧羊女。

"你这愚蠢的灯!"

"过来!"妈妈喊道。

弗罗拉小跑起来。

她看到妈妈站在厨房里,穿着长裙,盯着打字机看。

"这是什么?"妈妈的手指向打字机。

"那是你的打字机啊!"弗罗拉回答。

她知道妈妈总是魂游天外,意识游离。但这也太可笑了,她怎么会不认得自己的打字机?

"我知道这是我的打字机。我说的是里面的那张纸。不,我说的是纸上面的字。"

弗罗拉探过身去,瞥了一眼。她试图弄明白纸上那一行字的意思。

松鼠侠!

"松鼠侠!"弗罗拉大声说。她觉得这个词虽然听起来有些蠢,却让人感到高兴,就像"图蒂"那个名字一样。

"接着读。"妈妈说。

"松鼠侠!"弗罗拉继续读道,"我是。尤利西斯。获得新生。"

"你觉得这好笑吗?"

"不是的。"弗罗拉的心在胸腔里快速地跳动,这让她感到阵阵眩晕。

"我和你说过一遍又一遍,别碰那台打字机。"

"我没有……"

"对于今天发生的事情,你必须给我一个合理的解释。"妈妈说,"我是一个职业作家,最近正因为小说临近交稿日期在拼命赶稿。我没有时间对付你这些捣乱行为。还有,你竟然还吃了一整袋芝士条!"

"我没有。"弗罗拉争辩着。

妈妈指了指料理台上印着"芝士的狂热爱好者"的空

袋子,又用手点了点打字机。

弗罗拉的妈妈喜欢指指点点。

"你把芝士粉末弄得打字机周围都是。这是种无礼的举动,而且你不能一次吃掉一整袋芝士条。这样不健康,你会变胖的。"

"我没有……"

一阵眩晕向弗罗拉袭来。

那只松鼠可以打字!

世事总是出人意料啊!

"我很抱歉。"弗罗拉小声说。

"那么……"妈妈又伸出她的手指。很显然,她正准备继续指指点点。

幸运的是,门铃在此刻响了起来……

第十五章

电　椅

说巴克曼家的门铃在"响"有些不够准确。

这门铃出了点儿毛病,它的内部结构扭曲了,所以原本应该是一声令人愉悦的"叮"或"咚",现在却变成了一种"嗡嗡"的噪音。此刻,这种恼人的声响正回荡在巴克曼家的房子里。

对弗罗拉来说,这铃声听起来像电椅发出的声音。

她并没有听过电椅工作时发出的响声,但她在《可怕的事情可能会发生在你身上》中读到过电椅。不过,在漫画的那一期连载中,没有给出任何建议,只是规劝人们在有生之年最好不要去可能碰到电椅的地方,就连电椅发出的声音所能波及的范围都请躲着走。弗罗拉当初就觉得,那一期漫画除了有些吓人外没有任何用处。

"那是你爸爸。"妈妈说,"他按响那门铃就是为了让我感到内疚。"

门铃再次发出"嗡嗡"的声音。

"看出来了吧?"妈妈说。

弗罗拉没看出来。

一个人怎么会通过按门铃而让另一个人感到内疚呢?

这太可笑了。

不过那时,对弗罗拉来说,几乎妈妈所说所写的全部内容都有些可笑。举例来说,《在愉悦的翅膀上》这个书名,弗罗拉无法理解,从什么时候开始,愉悦也长翅膀了?

"别光站在那儿,弗罗拉。去开门,让他进来,他是你爸爸。他来这儿是看你的,可不是看我。"

发出电椅般嘶吼的门铃声再次响彻这栋房子。

"天哪!"妈妈怒吼道,"他在干什么?按住不撒手了?快去让他进来!"

弗罗拉慢慢地走过餐厅和客厅。她无奈地摇了摇头。

楼上,就在她的房间里,有一只松鼠可以用一只爪子把一台吸尘器高举过头。

楼上，就在她的房间里，有一只松鼠可以打字。

我的天哪，弗罗拉想，这里要发生翻天覆地的变化啦！我们要去征服坏蛋啦！一想到这儿，她顿时露出了一个大大的笑容。

门铃再次发出了一声怒吼。

弗罗拉打开门的时候，那笑容依旧挂在她脸上。

第十六章

幻觉的受害者

在门口的不是她爸爸。

而是图蒂。

"图蒂·蒂汉!"弗罗拉说。

图蒂走到客厅就停下了脚步。她的眼睛睁得大大的,"那是什么啊?"她说。

弗罗拉连回头看都懒得看。她知道图蒂看的是什么。

"那是小牧羊女。"弗罗拉说,"迷失的羊和光的守护者之类的。那是我妈妈的。"

"好吧,不管那盏灯了。"图蒂摇了摇头,向着弗罗拉走近一步,低声问,"松鼠在哪儿?"

"在楼上。"弗罗拉小声回答。

"我来是想看看,昨天的事情是不是真的发生了,还是,我只是一段幻觉的受害者。"

弗罗拉注视着图蒂的眼睛:"尤利西斯会打字。"

"谁会打字?"

"那只松鼠。它是个超级英雄。"

"天哪!什么样的超级英雄会以打字作为绝技呢?"

这是一个好观点(同时也有一些恼人)。一只打字的松鼠到底该如何对抗坏蛋,改变世界呢?

"乔治?"弗罗拉的妈妈喊道。

"不是爸爸来了!"弗罗拉回答,"是蒂汉太太。"

厨房一时间没有动静,接着弗罗拉的妈妈走出来,脸上带着一个又大又假的成人式笑容。"蒂汉太太,"她说,"真是稀客。我们能为您做些什么?"

图蒂也回敬了一个又大又假的成人式笑容:"哦,我就是来看看弗罗拉。"

"谁?"

"弗罗拉,您的女儿。"

"真的吗?您来看弗罗拉?"妈妈觉得有些不可思议。

"我马上就回来。"弗罗拉说。

她跑出客厅,穿过餐厅。

"这盏灯可真是与众不同。"她听到图蒂说道。

"哦,您喜欢它吗?"弗罗拉的妈妈问。

哈哈! 弗罗拉想。

她跑到厨房,一把拉出打字机里的纸,看着上面的字。这些字绝对不是一场幻觉。

"天哪!"弗罗拉说。

此时,一声尖叫在房子里响起。

弗罗拉拿起那张纸,把它塞到睡衣里就跑回了客厅。

尤利西斯正坐在小牧羊女的脑袋上。

或者说,它正试图坐在小牧羊女的脑袋上。

它的腿在那印着小粉花的灯罩上乱抓,以求站稳。它倾尽全力稳住自己,然后用一种满怀歉意的表情看着弗罗拉。但它只保持了一会儿,下一秒,它又开始前前后后摇晃个不停。

"哦,我的天哪!"图蒂说。

"它是怎么进来的?"弗罗拉的妈妈喊道,"它刚刚就这么从楼梯上飞了下来!"

"是啊。"图蒂说道,她意味深长地和弗罗拉对视一眼,

"它飞下来的。"

"它把我和蒂汉太太完全吓傻了。刚刚的尖叫声是我们发出来的。"

"是我们。"图蒂说,"刚才那声尖叫是我们发出来的。令人意想不到的事情真是接二连三啊!"

"如果那只松鼠把我的灯打破了,我真不知道该怎么办了。玛丽安可是我的宝贝。"

"玛丽安?"图蒂问。

"我这就把它从灯上弄下来,好吗?"弗罗拉说着,伸出了一只手。

"千万别碰它!"妈妈尖声喊道,"它身上携带病菌!"

门铃在此时又"嗡嗡"地发出难听的警告声,仿佛是在回应弗罗拉妈妈的建议似的。

弗罗拉和妈妈还有图蒂一齐回过头去。

一个微弱的声音响了起来:"图蒂姨婆[①]?"

[①]意同"姨姥姥"。

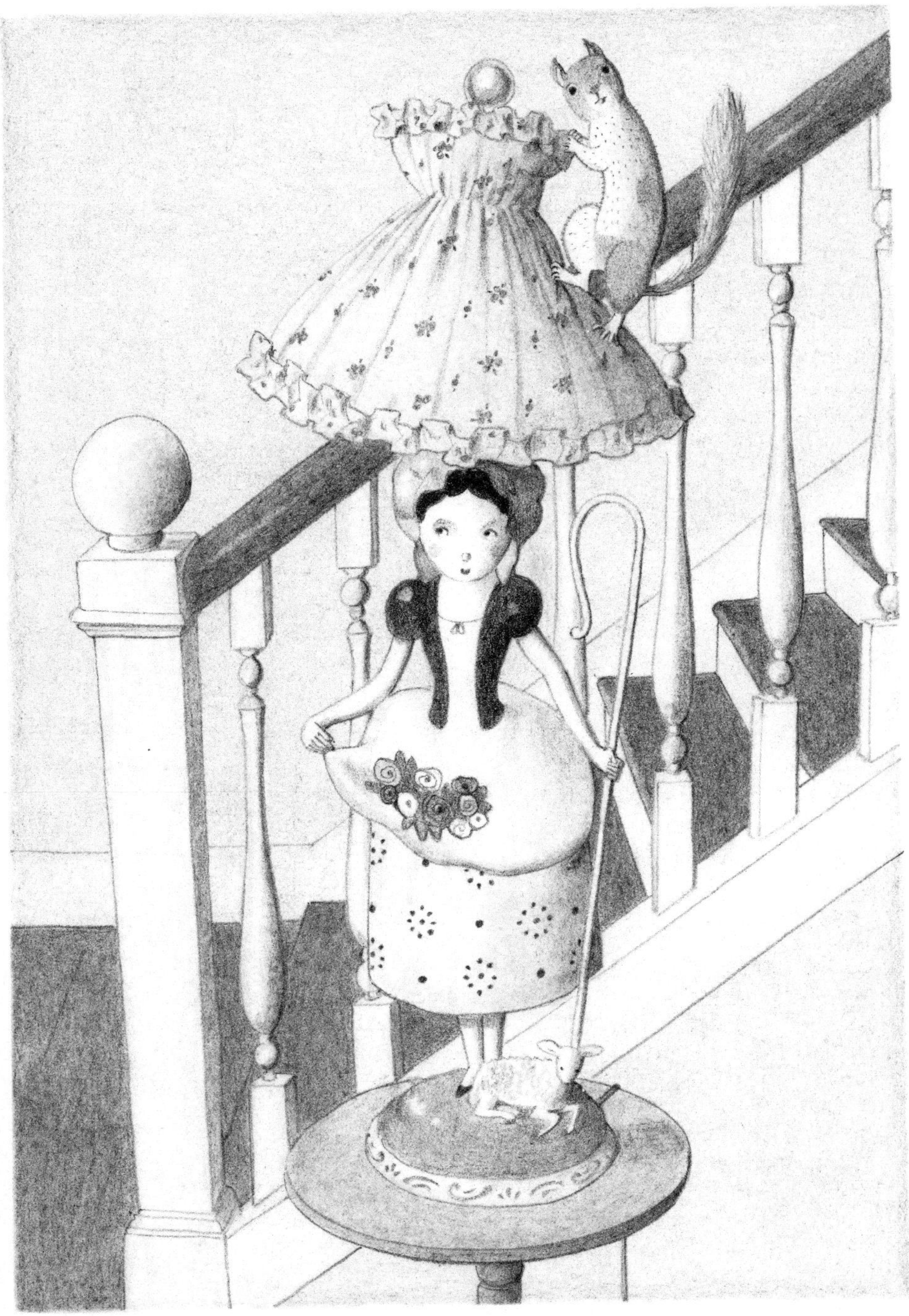

第十七章

我闻到了松鼠的气息

门口站着一个男孩。

他个子矮矮的,满头金发亮得近乎白色,眼睛藏在巨大的深色墨镜后面。

除了《可怕的事情可能会发生在你身上》之外,《神奇白炽灯侠的光明冒险》有时会附赠一本叫《犯罪分子就在我们中间》的漫画。这本漫画专门就"绝对不要被罪犯欺骗"的问题教了好几招,书中最常提及的一个说法是,了解一个人最好的方法就是直视他的眼睛。

弗罗拉试图看着这个男孩的眼睛,可是她只能看到漆黑墨镜片上自己的影子。

她看起来又矮又迷茫,像是穿着睡衣的手风琴。

"威廉，"图蒂说，"我跟你说过了待着别动。"

"我听到了尖叫声。"男孩说，他的声音很单薄，"我担心你，所以就赶过来了。不幸的是，在过来的路上，我和那个灌木丛发生了一些暴力摩擦，然后我就流血了。我很肯定我闻到了血的气味，但你们不用为我担心。拜托，别反应过度。"

"这位，"图蒂说，"是我的外甥。"

"是甥孙，我是她妹妹的孙子。"男孩说，"我希望我的伤口不用缝针。您觉得我需要缝针吗？"

"他叫威廉。"图蒂说。

"实际上是威廉·斯帕夫。"图蒂的甥孙说道，"我更喜欢大家叫我威廉·斯帕夫。这样就能把我从无数个威廉里区

分出来。"

他笑着说:"很高兴见到你,不管你是谁。我本应该和你握手,但正如我说的,我觉得我在流血。而且,我瞎了。"

"你根本不瞎。"图蒂说。

"我正在忍受由创伤引起的暂时性眼盲。"威廉说。

由创伤引起的暂时性眼盲。

这句话让弗罗拉的后背一阵发凉。

看起来,人类真是有可能出现各种各样的问题。为什么《可怕的事情可能会发生在你身上》不出一期专门解释由创伤引起的眼盲呢?或者,解释一下幻觉的发生。

"我是暂时性的眼盲。"威廉重申。

"真不幸啊!"弗罗拉的妈妈说。

"他根本不是看不见。"图蒂说,"不过,他会在我这儿度过整个暑假。你们可以想象一下我有多吃惊和兴奋。"

"我没有地方可去,图蒂姨婆。"威廉说,"你知道的,我随着慈悲的命运之风飞舞。"

"哦!"弗罗拉的妈妈拍了下手,说道,"这下好了,弗罗拉有小伙伴了。"

"我不需要小伙伴。"弗罗拉说。

"你当然需要。"她的妈妈说着转向图蒂,"弗罗拉很孤独。她在漫画书上浪费太多时间了。我试过改变她的坏习惯,但我太忙于写小说,所以她只能一个人待着。我很担心这种成长环境会让她变得奇怪。"

"我不奇怪。"弗罗拉说。在威廉这样一个明显十分奇怪的人面前说这句话好像并不为过。

"我很高兴做你的朋友。"威廉说,"我很荣幸。"他躬身行礼。

"多好呀!"弗罗拉的妈妈说。

"是啊!"弗罗拉说,"多好呀!"

"眼盲这件事情,"威廉说,"即使是暂时性眼盲,也让我有了灵敏的嗅觉。"

"哦,天哪!"图蒂说,"他又来了。"

"不得不说,我在这普通的房子里,闻到了些不寻常的味道,这味道在人类日常起居范围内比较罕见。"威廉说完清了清嗓子,"我闻到了松鼠的味道。"

松鼠!

和威廉的一番唇枪舌剑已经让她们彻底忘了尤利西斯。弗罗拉和她的妈妈还有图蒂一齐转过头看向尤利西

斯。它还站在小牧羊女的头顶上，终于在灯罩正中央一个蓝绿相间的小圆球上努力找到了平衡。

"那只松鼠！"弗罗拉的妈妈说，"它有狂犬病，肯定还携带其他什么病菌。必须得把它从房子里清出去！"

第十八章

一场科学冒险

"为何不让我带走这只松鼠呢?"图蒂对弗罗拉的妈妈说,"我可以把它放归野外。"

"如果你的后院也能叫野外的话。"威廉说。

"少说两句,威廉。"图蒂说着向尤利西斯伸出了手。

"别碰它!"弗罗拉的妈妈尖叫着打断她,"至少戴上手套,说不准它携带着什么病菌呢!"

"那你能不能帮我找副手套?"图蒂说,"我会把那只松鼠从灯罩上拽下来,迅速地带它离开这里,然后将它放生。孩子们也可以跟着来,就当这是一场科学冒险。"

"我可没觉得这听起来有什么科学性。"威廉说。

"这个……"弗罗拉的妈妈说,"我说不好。弗罗拉的爸

爸每周六都来看她,眼看他就要来接她了,他随时可能出现,而弗罗拉还穿着睡衣呢。"

"弗罗拉?"威廉说,"一个多么美好又有韵律的名字啊!"

"这用不了多长时间。"图蒂用一种轻柔的声音说道,"孩子们也可以互相了解一下。"

"我给你拿副手套。"弗罗拉的妈妈说。

于是,他们就这样,边向图蒂家走去,边互相了解。

图蒂戴着一副洗碗用的手套,长得都过了肘。这副手套是亮粉色的,散发出一种喜气洋洋的荧光。

图蒂戴着手套的双手捧着尤利西斯。弗罗拉走在图蒂身后。

威廉和弗罗拉并排走着,他的左手搭在她的肩膀上。

"你介意吗,弗罗拉?"他这么做之前问过弗罗拉,"我可以把手放在你肩上,让你领我回图蒂姨婆家吗?这会很麻烦你吗?你知道,一个人什么都看不见的时候,这世界就会变得很具有欺骗性。"

弗罗拉懒得跟他说,就算他看得见,这世界也是具有欺骗性的。

说到欺骗性,弗罗拉想:没有一件事情是按照她的计划进行的。她想象过尤利西斯抗击犯罪、逃犯、坏蛋、黑暗势力还有奸诈之徒;她想象过它飞越整个世界,而她就在它旁边。可现在,她正领着一个暂时性眼盲的男孩穿过自己家的后院。这差距也太大了!

"你已经将松鼠放生了吗,图蒂姨婆?"

"没,"图蒂说,"还没有。"

"为什么我感觉事情不仅是看到的那么简单?"威廉说。

"保持安静直到我们回家,威廉。"图蒂说,"你能做到吗?哪怕只保持一小会儿的安静。"

"我当然能。"威廉说,之后他叹了口气,"保持安静我最在行了。"

弗罗拉很怀疑这句话的真实性。

威廉捏了捏她的肩膀:"我能问问你多大了吗?"

"别捏我的肩膀。我十岁。"

"我十一岁。"威廉说,"我必须说,我总感觉自己比实际年龄老很多。而且,我知道我的身高比一般十一岁的孩子要矮,有可能是我在缩水。重伤可以让生长停滞。"

"你是受了什么伤导致看不见的？"弗罗拉问。

"我觉得现在还是不讨论这个为妙。我可不想吓到你。"

"这不可能吓到我。"弗罗拉说，"我是个与众不同的人，对人类世界的任何事情都不会感到吃惊。"

"所以你是在说……"威廉说。

"神秘感"这个词出现在弗罗拉的脑海中，它紧跟在"没必要"这个词的后面。

"完全没必要的神秘感。"弗罗拉说出来。

"麻烦你再说一遍。"威廉说。

但是，那时他们已经来到图蒂的房子前，正穿过她家的后院走进厨房。此刻，厨房里正弥漫着熏肉和柠檬的气息。

图蒂将尤利西斯放到桌上。

"我不明白。"威廉说，"我们都回到你的房子里来了，为什么我还是能闻到松鼠的气味？"

弗罗拉将那张纸从自己的睡衣里拿出来，把它交给图蒂。她感觉自己就像个间谍，一个成功的间谍，一个得意洋洋的间谍。尽管，这个间谍还穿着睡衣。

"这是什么?"图蒂说。

"这是证据,证明你不是幻觉的受害者。"弗罗拉说。

图蒂双手拿着那张纸,盯着它看了又看。

"松鼠侠!"她说。

"松鼠侠?"威廉说。

"接着读。"弗罗拉说。

"松鼠侠!"图蒂说道,"我是。尤利西斯。获得新生。"

"我说得没错吧?"弗罗拉说。

"这能证明什么?"威廉说,"这究竟是什么意思?"

"这只松鼠的名字叫尤利西斯。"图蒂说。

"等一下。"威廉说,"你是说这只松鼠打出了这些字?"

"是的。"弗罗拉说,"我就是这个意思。"

"幻觉延续了。"图蒂说道。

"什么幻觉?"威廉问。

"把这只松鼠看成是一个超级英雄的幻觉。"图蒂回答。

"你肯定在开玩笑。"威廉说。

尤利西斯坐在那儿,看看威廉,又看看图蒂,最后它将视线转向弗罗拉。它抬了抬眉毛,用一个充满疑问和希望的眼神看着弗罗拉。

弗罗拉有些犹豫。它,说到底,只是一只松鼠。她没有这只松鼠是个超级英雄的任何证据。关于这些字,如果还有其他的解释呢?再说,图蒂的话也不无道理:什么样的超级英雄会以打字作为绝技呢?

接着,她想到了阿尔弗雷德,所有人都质疑他,没有人(除了那只鹦鹉多洛雷斯)知道他是白炽灯侠,也没有人(还是除了那只鹦鹉多洛雷斯)真正相信他。

弗罗拉的使命,是否就是去信赖尤利西斯?

如果是这样的话,她成了什么?一只鹦鹉?

"让我梳理一下思路。"威廉说,"你认为这只松鼠是个超级英雄?"

那句"不要期待,取而代之的是,观察"在弗罗拉的脑海中闪现。

她深吸了一口气,把那句话抹掉。

"是这只松鼠打的这些字。"她说。

"那么,"威廉说,他的手仍然放在弗罗拉的肩膀上,"咱们从科学的角度再实验一下吧。我们把这只松鼠放在图蒂姨婆的电脑前,让它打字。"

第十九章

一个不经意的"我"字

尤利西斯坐在电脑前。这和弗罗拉妈妈的打字机很不同,一片空白的屏幕代替了纸张,整个装置都在发光,散发出一种温暖但并不友好的气味。

但是,键盘是相似的。每个字母都在那儿,在相同的地方。

弗罗拉和图蒂站在它身后,威廉戴着深色的墨镜,也站在它身后。

这是一个重要的时刻,尤利西斯十分清楚这一点。如果它能打出几个字来,一切都会不一样。为了弗罗拉,它必须要做到。

它的小胡须在颤抖。它能感受到它们在颤抖。它真真

切切地看到它们在颤抖。

它能做什么呢?

它转身闻闻自己的尾巴。

它除了做自己外别无选择,它要让键盘上的字母说出自己真实的心声,努力展现出它这只松鼠与众不同的内涵。

但什么是真实的?

它又是只什么样的松鼠呢?

它环视这间屋子。那边,有一扇高高的窗子,窗外就是绿意盎然的世界和湛蓝清澈的天空。窗内,有一整架一整架的书。在键盘上方的墙上,挂着一幅画,画里是一个男人和一个女人飘浮在城市上空。他们笼罩在一层金黄色的光晕里,男人握住女人的手,女人的一只胳膊向前伸出,好像在指着回家的路。尤利西斯喜欢这个女人的脸,她让它想起弗罗拉。

这幅画让尤利西斯感到温暖,它的内心也渐渐坚定。它觉得,画这幅画的人一定深爱画中飘浮着的男人和女人,他也一定深爱他们身下的这座城市,以及那道金黄色的光晕。正如尤利西斯爱外面那个绿意盎然的世界、湛蓝的天空,以及弗罗拉那圆圆的脑袋。

它的胡须停止了颤抖。

"怎么了?"威廉问。

"没什么。"弗罗拉回答。

"它好像是入定了。"图蒂说。

"嘘。"弗罗拉说。

尤利西斯靠近了键盘。

对于松鼠来说，这些字凭空出现是件极为美妙的事。

怎么样？打出什么字了？

是个"我"字。

可这证明不了什么。任何人都能轻易地敲出个字母 I 来，"我"字自然就出来了，又不是只有超级英雄才能打出"我"字来。

你能不能安静一会儿，威廉？

I I

I I O

松鼠在打字。

人们在等待。

命运的齿轮悄然转动起来……

第二十章

它 说

我爱你圆圆的脑袋,
那明媚的绿色,
以及碧空如洗。
我爱这些文字,
这个世界,还有你。
我真的非常,非常饿。

第二十一章

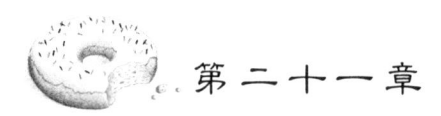

诗　歌

他们坐在图蒂的书房里。图蒂倚在沙发上,头上敷了一个冰袋。她刚才晕倒了。

不幸的是,她倒下的时候头撞到了桌沿。

幸运的是,弗罗拉记得《可怕的事情可能会发生在你身上》有一期讲过,用冰袋冷敷可以有效地"缓解疼痛并消肿"。

"再读一次。"威廉对弗罗拉说。

弗罗拉又把尤利西斯的话大声读了一遍。

"这只松鼠能写诗啊!"图蒂惊讶地说道。

"继续用冰袋按着你的头。"弗罗拉说。

"我不明白最后一句话。"威廉说,"关于饥饿的那句话。那是什么意思?"

弗罗拉从电脑前转过头,看向威廉的深色墨镜,她再一次在里面看到了那个头圆圆的、穿着睡衣的自己。"意思就是它饿了。"她说,"它还没吃早饭呢。"

"哦,"威廉说,"我明白了。这句话是写实的。"

尤利西斯此时依然坐在电脑旁边。它满怀期待地点了点头。

"这是一首诗啊!"图蒂陷在沙发里说。

尤利西斯的小胸膛挺高了一点儿。

"好吧,就算是首诗吧。"威廉说,"但这可不是伟大的诗篇,就连好诗都算不上。"

"不过,这首诗是什么意思呢?"图蒂说。

"为什么它就一定要有意义呢?"威廉说,"这个宇宙本来就充满了未知。"

弗罗拉感到有什么东西在她的内心升腾。是什么呢?为松鼠感到骄傲?对威廉感到厌烦?疑惑?期待?

突然,她想起在阿尔弗雷德浸在一大桶清洁剂里面时,在他头上出现的话!

"你怀疑这只松鼠的能力吗?"弗罗拉问。

> 你怀疑他吗?
> 请不要怀疑。

"我当然怀疑!"威廉回答。

"不要怀疑。"弗罗拉说。

"为什么?"威廉问。

她盯着他看。

"摘掉你的墨镜。"她说,"我要看到你的眼睛。"

"不!"威廉说。

"摘掉!"

"我不摘!"

"孩子们,"图蒂说,"适可而止吧。"

威廉到底是谁呢?

是的,他是图蒂·蒂汉的甥孙,突然跑来过暑假(这点很可疑)。但他究竟是谁? 如果他自己就是某个漫画人物呢? 如果他就是个超级大坏蛋,眼睛只要一接触到光线就失去超能力呢?

白炽灯侠有一个永远的死对头——暗黑万魔手。

每个超级英雄都有死对头。

如果尤利西斯的死对头就是威廉呢?

"我必须知道真相!"弗罗拉说。她走上前去,伸出手要摘掉威廉的墨镜。

接着,她听到有人在叫她:"弗——罗——拉——你爸爸来啦!"

"弗罗拉!"威廉用一种十分轻柔的声音叫她。

尤利西斯依旧坐在那儿。它的耳朵尖尖的,目光在弗罗拉和威廉之间游走。

"我们得走了。"弗罗拉说。

"等等。"威廉说。

弗罗拉抓着尤利西斯脖子后面的绒毛把它提了起来,放在自己的睡衣里面。

"我还会再见到你吗?"威廉问。

"这个宇宙本来就充满了未知,威廉。"弗罗拉说,"谁能说得准我们之后还会不会见面呢?"

第二十二章

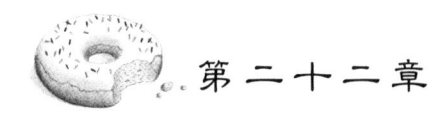

巨大的耳朵

门开着,弗罗拉的爸爸站在最靠近门的那一级台阶上。他穿着一套深色的西装,打了领带,头上戴着一顶带檐的帽子——即使这是一个盛夏的周六。

弗罗拉的爸爸在弗林顿、弗洛斯顿和弗力克合伙开的事务所里做会计。

弗罗拉虽然不确定,但她觉得她的爸爸有可能是全天下最孤独的人,因为连白炽灯侠和多洛雷斯的故事都无法继续陪伴在他身边了。

"爸爸好!"她说。

"弗罗拉。"爸爸冲她笑了笑,继而叹了一口气。

"我还没收拾好呢。"

"哦,没关系。"爸爸说着,又叹了一口气,"我等你。"

他和弗罗拉走进客厅,在沙发上坐下。他摘下了帽子,把它放在膝盖上。

"乔治,是你吗?"弗罗拉的妈妈从厨房里喊过来,"弗罗拉跟你在一起吗?"

"是我!"弗罗拉的爸爸喊道,"弗罗拉在我旁边呢。"

打字机发出的"咔咔咔"声在房间里回响,银质餐具跟着这个节奏颤动。接着,又是一片寂静。

"你干什么呢,乔治?"她的妈妈问道。

"我坐在沙发上呢。"他把帽子从左膝盖挪到右膝盖,接着又挪回左膝盖。

尤利西斯在弗罗拉的睡衣里面动了一下。

"你们两个今天要做什么呀?"弗罗拉的妈妈喊道。

"我不知道呢。"

"我能很清楚地听到你说的话,乔治。"弗罗拉的妈妈走了过来,"你完全没有必要喊。弗罗拉,你睡衣里有什么东西?"

"没什么。"弗罗拉回答。

"是那只松鼠吗?"她的妈妈问。

"不是。"弗罗拉说。

"什么松鼠?"弗罗拉的爸爸问。

"别对我撒谎。"她的妈妈说。

"好吧。"弗罗拉说,"是那只松鼠。我要留着它。"

"我就知道你一直藏着东西呢。听我说,那只松鼠身上携带着病菌,你这么做非常危险。"

弗罗拉转过身。

一个超级英雄就在她的睡衣里面。她不需要对她的妈妈唯命是听,她不要对任何人唯命是听。崭新的篇章已经拉开序幕,一个女孩和一个超级英雄的故事已经开演。"我这就去换衣服。"她说。

"你这么做一点儿用都没有,弗罗拉。"她的妈妈说,"那只松鼠绝对不能留着。"

"什么松鼠?"弗罗拉的爸爸再次问道。

弗罗拉爬楼梯爬到一半停住了,她站在楼梯的转角处。《犯罪分子就在我们中间》里建议那些投身于对抗犯罪、打击坏蛋的人,应该学会倾听。"任何言语,无论真实或虚假,无论出自喃喃细语或高谈阔论,无论在何时何地,都能于细微处影响人类的心理活动。如果你想把世事弄个明

白,倾听是你必须要做的。你必须要做一只'巨大的耳朵'。"

《犯罪分子就在我们中间》里是这么建议的。

弗罗拉也打算这么做。

她把尤利西斯从睡衣里边捧出来。

"坐在我肩膀上。"她轻轻对它说。

尤利西斯爬到了她的肩膀上。

"听着。"她对它说。

它点点头。

弗罗拉站在楼梯转角处。有松鼠站在她的肩膀上,她感到自己又勇敢又能干。

"别期待,"她对自己小声说,"取而代之的是,观察。"

她深吸了一口气再慢慢呼出来。她站得笔直,仿佛变成了一只巨大的耳朵。

然后,弗罗拉这只巨大的耳朵听到了令人震惊的事情。

第二十三章

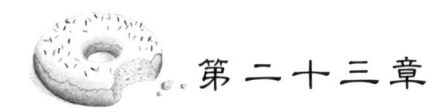

反面人物登场

"乔治,"弗罗拉的妈妈说,"我们遇到问题了。你女儿和一只带病菌的松鼠产生感情了。"

"怎么回事?"弗罗拉的爸爸问。

"有一只松鼠……"弗罗拉的妈妈用更慢的语速说,好像她要把所说的每个字都刻到别人心上。

"有一只松鼠……"她的爸爸重复道。

"这只松鼠不健康。"

"有一只不健康的松鼠。"

"在车库有一只麻袋和一把铲子。"

"好的,"弗罗拉的爸爸说,"有一只麻袋和一把铲子,在车库里。"

这之后,很长时间,两个人都没有说话。

"我需要你把这只松鼠解决掉。"弗罗拉的妈妈说。

"怎么解决?"她的爸爸问。

"天哪,乔治!"她的妈妈喊道,"把松鼠放进麻袋里,再用铲子把它的头敲扁。"

弗罗拉的爸爸倒吸了一口凉气。

弗罗拉也倒吸了一口凉气。她对自己的反应感到很吃惊。在她妈妈写的爱情小说里,那些女主角们倒是常常手扶在胸口上倒吸凉气。不过,弗罗拉不应该这么大惊小怪,她是个与众不同的女孩。

弗罗拉的爸爸说:"我不明白。"

弗罗拉的妈妈清了清嗓子,然后把那些残忍的话重复了一遍,这次用了更大的声音、更慢的语速。"你把松鼠放进麻袋里,再用铲子把它的头敲扁。"她停顿了一下,"接着,你再用铲子把松鼠埋了。"

"把松鼠放进麻袋里,再用铲子把它的头敲扁?"弗罗拉的爸爸用一种尖锐又绝望的声音说,"哦,菲利斯。哦,菲利斯,不行!"

"可以的。"弗罗拉的妈妈说,"这是人道主义的做法。"

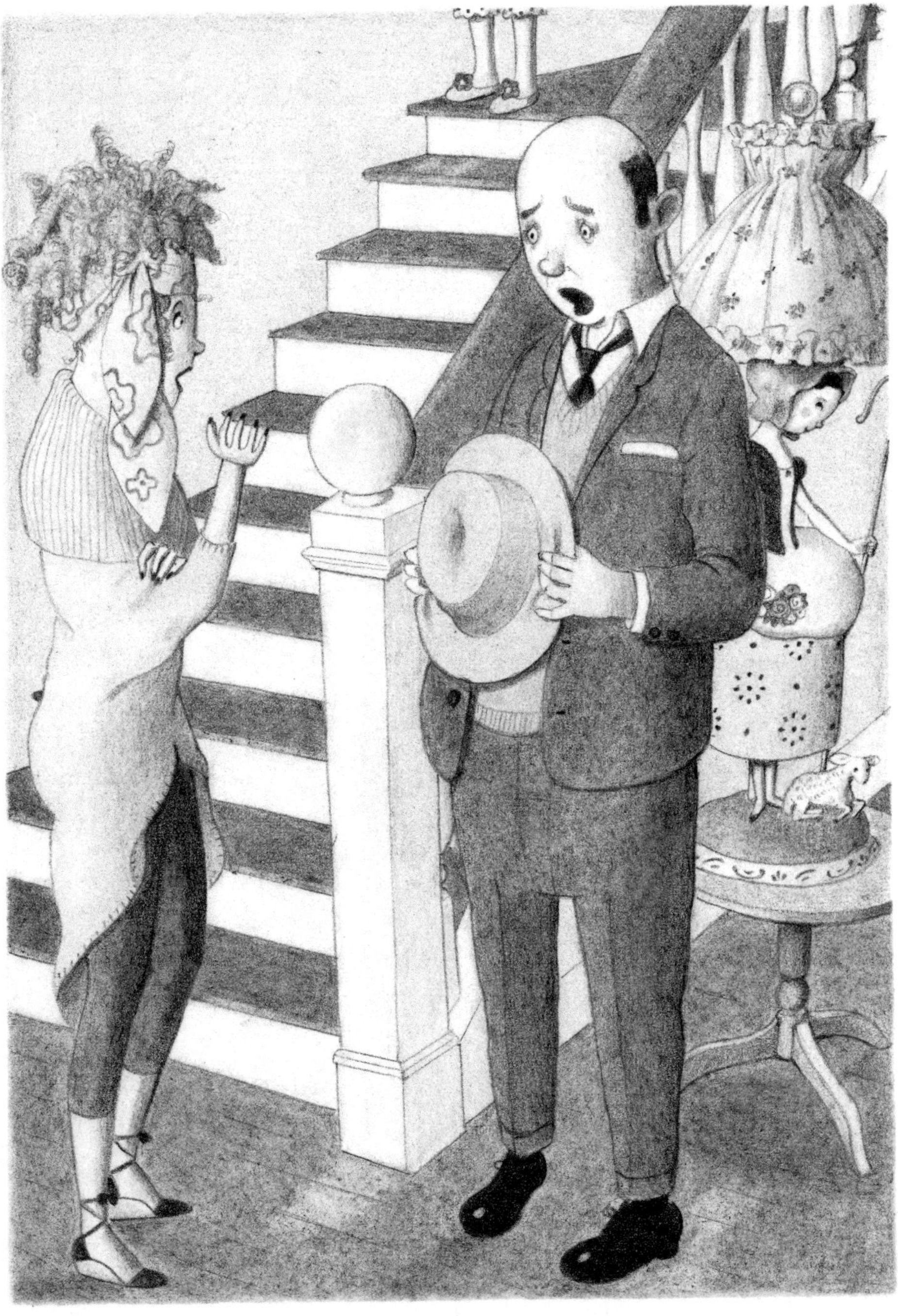

弗罗拉知道自己错怪威廉了。

所有的事情急转直下,故事的线索端倪初现:尤利西斯是个超级英雄(很有可能),菲利斯·巴克曼是它的死对头(毋庸置疑)。

世事总是出人意料啊!

第二十四章

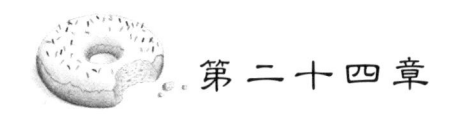

围堵、追逐、恐吓、下毒……它遇到的那些倒霉事

它本应该震惊,但它没有,或者说没有真的被吓到。

作为一只松鼠,它的悲哀就是,总有一些人,在一些地方,想要弄死它。在它短短的一生中,尤利西斯曾经被猫群围追堵截,被浣熊袭击,还曾被气枪和弓箭击中(就算那支箭是橡皮做的,但仍然很疼)。它曾被大声斥责,被恐吓,被下毒。它曾经被人用花园水管里的强劲水流冲出去好远。有一次,在公园里,一个小姑娘试图用她巨大无比的泰迪熊把它拍扁。去年秋天,一辆卡车甚至直直地从它的尾巴上轧了过去。

现在,有人想要用铲子拍扁它的头,也不是太难以接受。

人生处处有危险,特别是对一只松鼠而言。

无论如何,尤利西斯毫不畏惧死亡。此刻,它想到了诗歌。这个词被图蒂用来形容它写的东西。诗歌,它喜欢这个词,精短、醇厚,仿佛一个跃动的精灵。

诗——歌。

"不用担心,"弗罗拉说,"你是个超级英雄。这种无法无天的事会被制止的!"

尤利西斯用小爪子抓住弗罗拉的睡衣,稳稳地站在她的肩膀上。

"无法无天。"弗罗拉重复道。

诗歌,尤利西斯想。

第二十五章

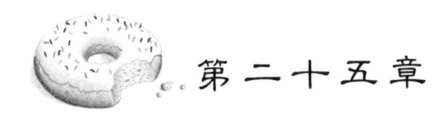

海豹的油脂

弗罗拉爸爸的车里有一种像奶油糖和番茄酱混合在一起的味道。弗罗拉坐在后座,那种味道特别浓烈。她的腿上放着一个鞋盒,尤利西斯就在里面。尽管车子还没有开动,她已经感到晕车了,她还感觉到事情的发展有些让人眼花缭乱。

这接二连三的事情,确实让人应接不暇。

比如,尤利西斯就坐在这鞋盒里,它清楚地知道车子的后备厢里有把铲子,而开车的男人刚被授意用铲子敲扁它的头。可它看起来一点儿也不担忧或者害怕,反而开心极了。

还有弗罗拉的妈妈,她给了弗罗拉这个鞋盒:"让这个

鞋盒一路上保护好你的小伙伴,我们把这块抹布放在这儿当它的小毯子。"她还站在门口,微笑着冲他们挥手告别,好像她不是那个策划谋杀的大坏蛋。

事情的真相和表面看起来的完全不同。

弗罗拉低头看着小松鼠。当然,它也有与看起来不同的那面。这是一件好事,一件如白炽灯侠般的好事。

有一种想法在弗罗拉的心底升腾起来,继而蔓延至全身:她的爸妈一点儿都不知道,他们是在跟一只什么样的松鼠打交道。

她的爸爸开始倒车。

就在她爸爸的车马上要回到主路时,弗罗拉看到威廉正站在图蒂家的前院仰着头看天,接着他向车子的方向缓缓地转过头。他的墨镜在太阳下反着光。

图蒂出现了,她挥舞着一只粉色的手套,好像在挥舞着投降的白色旗帜。

"停车!"她喊道。

"给油,加速!"弗罗拉对她的爸爸说。

她并不想和图蒂说话,而且她也不想和威廉说话,她不想看到自己倒映在他那深色镜片上。她对于这个充满未知的宇宙有自己的想法,不需要他的长篇大论。

再说,她时间很紧,有一场谋杀亟待阻止;有一个超级英雄亟待指导;有一群坏人亟待征服;有一片黑暗亟待消灭。她可没时间和威廉交换可笑的想法。

"弗罗拉!"威廉喊道,仿佛他能看透她脑子里的想法,"我有些有趣的事要和你分享。"他向车子跑过来,却一头跌进灌木丛里。"图蒂姨婆,"他喊,"我需要你的帮助。"

"这到底是怎么回事啊?"弗罗拉的爸爸问,一脚踩在刹车上。

"那只是一个暂时性眼盲的男孩。"弗罗拉说,"还有隔壁的蒂汉太太,她是他的姨妈,哦,不对,他的姨婆。算了,反正也无所谓。继续开吧。"

但为时已晚,图蒂已经把威廉拉出灌木丛,他们两个正向车子这里走来。

威廉微笑着。

"你们好!"她的爸爸从车里和他们打招呼,"我是乔治·巴克曼。"

弗罗拉的爸爸总会向每一个人介绍自己,即使这个人他以前见过。这是他恼人却又始终改不掉的习惯。

"您好,先生。"威廉说,"我是威廉·斯帕夫。我想和您的女儿,弗罗拉,说几句话。"

"我现在没时间和你说话,威廉。"弗罗拉说。

"图蒂姨婆,你能帮我个忙吗?能把我带到弗罗拉那边吗?"

"不好意思,我得把这个心理失常又神经质的孩子护送到车的另一边。"图蒂说。

"当然,当然。"弗罗拉的爸爸说。接着,他对着空气自言自语道:"我是乔治·巴克曼。你好吗?"

弗罗拉叹了口气。她低头看着尤利西斯,心里把周围的情况都考虑了一下。之后,她觉得只有这只松鼠是可以信赖的。

"我想道歉。"威廉说,他现在已经站在她这侧的车窗外了。

"为了什么?"弗罗拉问。

"那不是我听过的最烂的诗歌。"

"嗯。"弗罗拉说。

"而且,我很抱歉,在你想让我摘下墨镜的时候,我没有那么做。"

"那你就现在把它摘下来吧。"弗罗拉说。

"我不能。"威廉说,"一股超出我控制的邪恶力量把它粘在我头上了。"

"你撒谎。"弗罗拉说。

"是的。不。我没有。我撒谎了。我使用了夸张的修辞,应该是墨镜看起来像被粘在我头上了。"他的声音低下来,"实际上,我是怕一旦我把墨镜摘下来,整个世界会立刻分崩离析。"

"这太可笑了。"弗罗拉说,"还有很多更重要的事情需要担心呢。"

"比如说呢?"

弗罗拉意识到,她即将告诉威廉一些她本来没打算要说的话,这些话却在她可以阻止之前就脱口而出。

"你知道死对头是什么吗?"她低声问。

"我当然知道。"威廉低声回答。

"好的。"弗罗拉说,"尤利西斯就有一个,就是我妈妈。"

威廉的眉毛从他的墨镜后面抬起来。弗罗拉满意地看着他颇为吃惊的神情。

"说到尤利西斯,"图蒂说,"我有一些诗歌想要念给它听。"

"你确定现在是个念诗的好时机吗?"威廉说。

尤利西斯在鞋盒里面坐得更直了些。它看着图蒂,点了点头。

"我被你的诗歌深深地感动了。"图蒂对尤利西斯说。

尤利西斯挺起了它的胸膛。

"为了纪念你的生命发生了翻天覆地的变化,我也有一些诗歌想要念给你听。"图蒂说着用一只手捂住胸口。"这是里尔克的诗。"她说道,"你,超越意识的极限,试探渴望的边界,你代表我,如火焰般闪耀,并予我阴凉可栖。①"

尤利西斯抬头盯着图蒂看,眼睛闪闪发光。

"如火焰般闪耀!"弗罗拉的爸爸说,"真感人啊!确实不错!非常感谢你。但我们现在得出发了。"

"但是,你还会回来吗?"威廉问道。

弗罗拉抬起头,看到威廉的这句话像一面又小又破的

---

① 节选自《给我你的手》,作者赖内·马利亚·里尔克(1875—1926),奥地利诗人和小说家。原诗鼓励世人不忘自己、不忘训诫,去体验世间百般滋味。

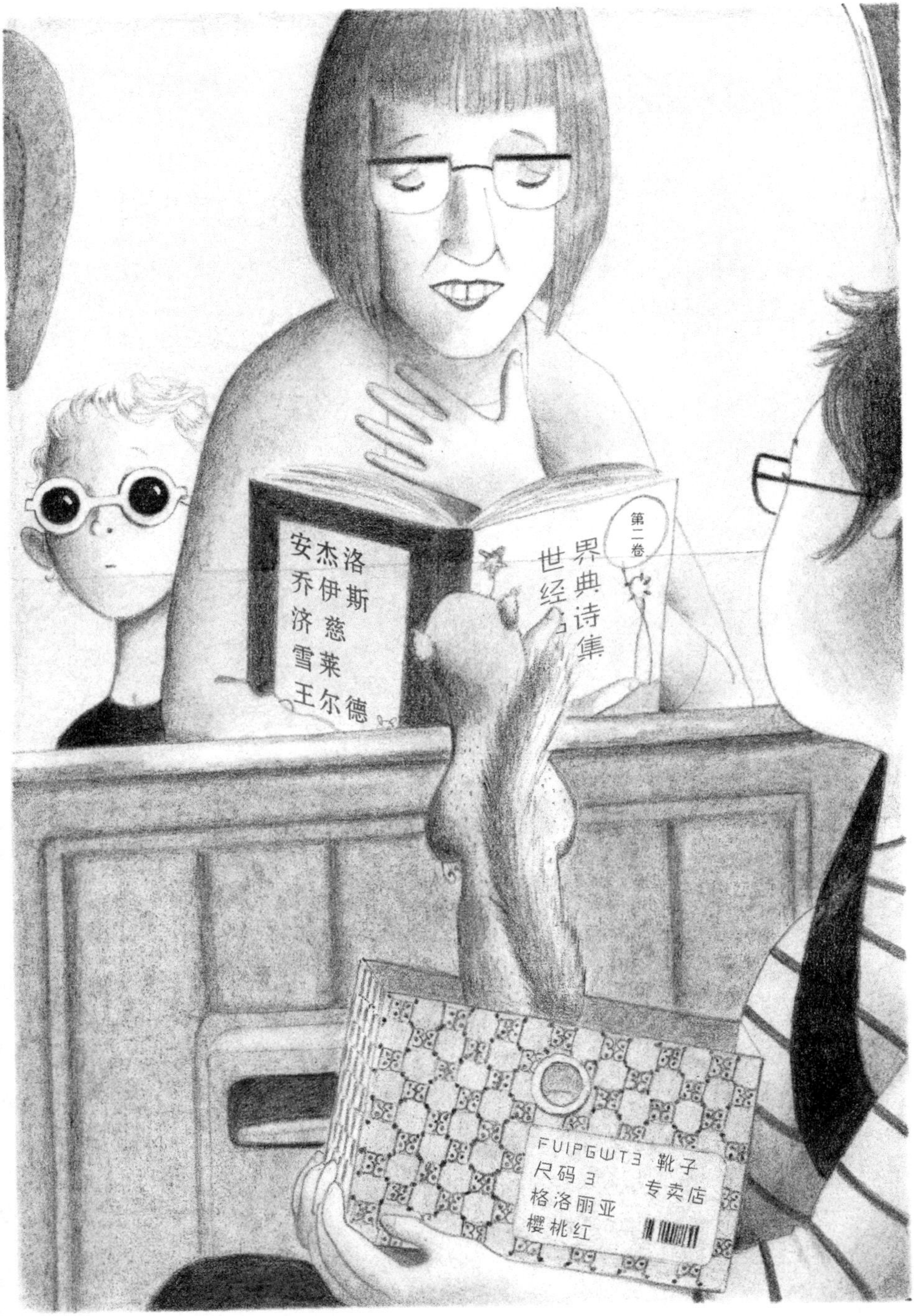
安杰洛
乔伊斯
济慈
雪莱
王尔德
第二卷
世界经典
诗集
FUIPGWT3 靴子
专卖店
尺码 3
格洛丽亚
樱桃红

旗子飘在他的头顶。

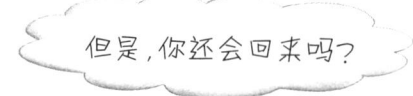

> 但是,你还会回来吗?

"我就和我爸爸待一下午,威廉。"她说,"我又不是要去南极。"

《可怕的事情可能会发生在你身上》曾经就对滞留在南极该如何应对做过一些介绍。他们的那一套建议总结起来就简单的六个字:吃海豹的油脂。

这确实令人震惊,人们为了活下来真是什么都能做。弗罗拉瞬间振奋起来,单凭想象她和她的松鼠茹毛饮血,超越人类极限,在对手的万般为难下最终顽强地活了下来,就已经颇受鼓舞。

她们总会想到个法子来智斗死对头!她们会打败铲子和麻袋!她们会一起登上胜利的顶峰,就像多洛雷斯和白炽灯侠一样!

"我很高兴。"威廉说,"我很高兴你不是要去南极,弗罗拉。"

弗罗拉的爸爸清了清嗓子。"我是乔治·巴克曼。"他说,"你好吗?"

"很高兴见到您,先生。"威廉说。

"请记住这些诗句。"图蒂说。

"如火焰般闪耀!"弗罗拉的爸爸说。

"我刚才是在和这只松鼠讲话。"图蒂说。

"当然。"弗罗拉的爸爸说,"我很抱歉。原来您是在跟松鼠讲话啊。"

"我们会再见的。"威廉说。

"留心那个死对头。"弗罗拉说。

"我们会再见的。"威廉重复道。

"我们此行要去惩奸除恶。"弗罗拉说。此时,她的爸爸已经把车倒回了主路上。

威廉对着车挥手道:"我们会再见的!"

他看起来太过执着于再次见到她这件事上,弗罗拉也就懒得告诉他,他挥手的方向完全错了。

第二十六章

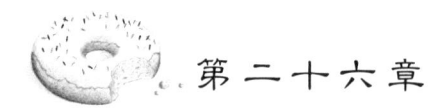

间谍不哭

弗罗拉的爸爸是个小心翼翼的司机。他的左手始终保持在方向盘的十点钟方位,而右手握住两点钟方位。他的眼睛一刻都不离开路面,开得也是相当慢。

"过快的速度,有时会取你性命。还有,不看路这个坏习惯也很危险。永远,永远不要开车不看路。"弗罗拉的爸爸经常这样说。

"爸爸,我得和你谈谈。"

"好的,谈什么?"爸爸的眼睛一直紧盯着路面。

"那只麻袋,还有那把铲子。"

"什么麻袋?什么铲子?"

弗罗拉想:爸爸一定会是一个出色的间谍,因为他从来不正面回答问题,相反,他会提出问题,巧妙迂回地用这个问题作为回答。

曾经,弗罗拉和爸爸有过一场对话。

弗罗拉:"你和妈妈要离婚是吗?"

弗罗拉的爸爸:"谁说我们要离婚啦?"

弗罗拉:"妈妈说的。"

弗罗拉的爸爸:"她真是这么说的?"

弗罗拉:"她就是这么说的。"

弗罗拉的爸爸:"我很好奇她为什么这么说。"

然后他哭起来。

间谍应该不会哭,但他还是哭得很伤心。

"在车子的后备厢里,有一只麻袋和一把铲子,爸爸。"弗罗拉说。

"有吗?"她的爸爸说。

"我看见你把它们放进去的。"

"是的,我确实放了一只麻袋和一把铲子在后备厢里。"

《犯罪分子就在我们中间》里提到过,持续不断地提问没有答案的问题,有助于你了解事情的真相。书里是这样说的:"如果你问问题时态度足够凶,人们有时会因为受到惊吓而告诉你一些本来不打算说的事情。因此,当你有疑问的时候,要开口问。而且,问题要多,语速要快。"

"干什么用的?"弗罗拉问。

"我得挖个坑。"她的爸爸回答。

"为什么?"弗罗拉问。

"我得埋个东西。"

"你要埋什么?"

"一只麻袋!"

"你为什么要埋一只麻袋?"

"因为你妈妈让我这么做。"

"她为什么让你埋一只麻袋?"

她爸爸的手指轻轻地敲在方向盘上,眼睛直直地看着前方:"她为什么让我埋一只麻袋?她为什么让我埋一只麻袋?这是个好问题。对了,你想吃点什么吗?"

"什么?"弗罗拉说。

"我们去吃午饭怎么样?"她的爸爸说。

"天哪!这才几点?"弗罗拉说。

"或者我们去吃早午饭怎么样?"

弗罗拉叹了口气。

《犯罪分子就在我们中间》里介绍过:"对付一个罪犯的时候,要用你能采用的任何手段去打断问话、拖延时间甚至混淆视听。"

但她的爸爸不是个罪犯,用这个词并不确切。不过,他为坏人服务,所以他算是和坏人一伙的了。这样看,为了拖延那场不可避免的正面冲突,去餐厅坐一下也许是个好主意。

再说,松鼠也饿了,它得为了后面的战役好好地养精蓄锐。

"好吧。"弗罗拉说,"咱们去吃饭吧。"

第二十七章

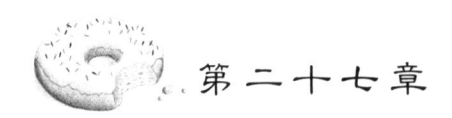

浸在美好气味中的世界

"好吧。咱们去吃饭吧。"

这句话听起来真美妙,尤利西斯想。

"咱们去吃饭吧。"

多像一句诗啊!

尤利西斯觉得很高兴。

它高兴是因为它可以和弗罗拉在一起。

它高兴是因为图蒂给它读的那些诗句还在它的脑海和心间回荡。

它高兴是因为它很快就会被喂饱了。

它高兴是因为它就是觉得高兴。

它爬出鞋盒,把前爪放在车门上,鼻子探出窗外。

它此刻正和自己喜欢的人坐在车上,驰骋在夏日的阳光里,它的胡须和鼻子都沐浴在和煦的暖风中。

而且,周围有好多种气味:满溢的垃圾箱、刚剪过的青草地、被阳光烘得暖暖的人行道、肥沃的土地、蚯蚓(其中还夹杂着泥土的气息)、很多狗(哦,那么多狗!小狗、大狗、傻兮兮的狗!逗狗是一只松鼠存于世上的重要乐趣)、化肥、鸟食、某种点心、坚果都在散发着不同的气味,还有老鼠那小小的、似乎带着歉意的臭味和猫身上那种冷酷无情的恶臭(猫都很可怕,千万不要信任猫,绝对不要)。

这世界里的各种气息渐渐弥漫在尤利西斯的身体中。它能闻到这一切,甚至能闻到蓝天的味道。

它想把这一刻记录下来,告诉弗罗拉。于是,它转过头来看着她。

"注意点儿,别让坏事逃过你的眼睛。"她对它说。

尤利西斯点了点头。

图蒂朗诵的诗句在它的脑海中响起:"如火焰般闪耀!"

它想:那正是我要做的,我会像火焰般闪耀,我要把这一切都写下来。

第二十八章

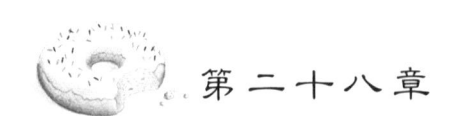

巨大的甜甜圈

"你得把松鼠留在车里。"弗罗拉的爸爸说着,把车停进甜甜圈店的停车场。

"不行。这里太热了。"

"我会把车窗开着。"

"有人会把它偷走的。"

"你觉得有人会偷它?"她爸爸的语气充满怀疑,但又有些期待,"谁会偷一只松鼠呢?"

"罪犯就会。"弗罗拉说。

《犯罪分子就在我们中间》经常兴致盎然、喋喋不休地介绍人类所能进行的一系列穷凶极恶的活动。书中不仅坚持"人心黑过无底洞"这一观点,还把人心比作一条河,

"如果我们不小心,就会被河水卷进那充斥着欲望和愤怒的洪流中去,然后把我们变成令自己不齿的罪犯"。

"人心是一条深不可测又暗黑无界的河,充斥着隐藏的洪流。"弗罗拉对她的爸爸说,"罪犯到处都是。"

她的爸爸用手指轻轻敲打着方向盘:"我希望可以反驳你,但我似乎做不到。"

尤利西斯打了个喷嚏。

"身体健康!"她的爸爸祝福道。

"反正我绝不离开它!"弗罗拉说。

阿尔弗雷德到哪儿都带着他的鹦鹉多洛雷斯,就连他去打扫帕塔威保险公司的办公室时,他们都形影不离。"我绝不离开我的鹦鹉。"阿尔弗雷德就是这么说的。

"我绝不离开我的松鼠。"弗罗拉说。

也许她的爸爸听到这句话会感到耳熟,也许这能让他回想起他们一起读《神奇白炽灯侠的光明冒险》的时光。但他没有任何反应,只是轻轻地叹了一口气:"那就带它进来吧,但鞋盒的盖子要盖好。"

于是,尤利西斯爬进了鞋盒,弗罗拉很认真地把盖子盖好,遮住它的小脸。

国际大奖小说

"好的。"她说道,"我都弄好了。"

她刚一下车,就看到一个巨大的招牌,上面写着:

店内有巨型甜甜圈!

这些字由霓虹灯组成,似乎在张牙舞爪地打招呼,背景是一个巨大的甜甜圈一次又一次地消失在一杯咖啡里。

不过甜甜圈上没有手。那么是谁?弗罗拉想,是谁把甜甜圈浸在咖啡里?一想到这儿,她的后脊梁就一阵发凉。

如果我们都是等着被浸在咖啡里的甜甜圈呢?她想。

威廉是会问出这类问题的,她甚至仿佛听到了他这样问。面对这类问题,威廉也会有他自己的答案,即使是个恼人的答案。

"听我说,"她对着鞋盒低声说,"你不是一个等着被浸在咖啡里的甜甜圈,你是个超级英雄,别让自己被欺负。记住那把铲子,你要时刻关注乔治·巴克曼。"

她的爸爸也下了车。他把手伸进口袋,搅动着里面的零钱。"我们进去吧。"他说。

打断问话!拖延时间!混淆视听!

"进去吧。"弗罗拉说。

第二十九章

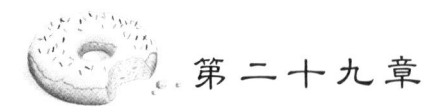

咯吱咯吱

店里弥漫着煎蛋和甜甜圈的气味,到处都是欢声笑语,人们都在往咖啡里泡甜甜圈。

一个服务员把弗罗拉和爸爸领到角落里的座位,然后递给他们两份精美的菜单。弗罗拉小心翼翼地(《犯罪分子就在我们中间》建议在所有时候都尽可能小心翼翼)把鞋盒盖子打开。尤利西斯探出它的小脑袋四处看,然后它注意到了那张菜单,盯着它看,脸上现出梦幻般的表情。

"点你想吃的。"弗罗拉的爸爸说。

尤利西斯由衷地发出一声赞叹。

"注意点儿!"弗罗拉低声嘱咐。

一个服务员走到他们身旁,用铅笔点了一下菜单。

"点些什么?"她问。

她胸前的名牌上写着她的名字:丽塔!

弗罗拉眯起眼睛。名字末尾的感叹号让"丽塔"看起来不那么可信,至少不那么诚恳。

"请问,"丽塔说,"你们要吃点什么呢?"她的头发高高地盘在头顶,看起来就像那位绝代艳后——玛丽·安托瓦内特[①]。

弗罗拉并没有见过玛丽·安托瓦内特,只是在《可怕的事情可能会发生在你身上》中读到过她的故事。弗罗拉觉得,玛丽·安托瓦内特如果是个侍者的话,肯定非常差劲。

弗罗拉突然想起来,自己的膝盖上还有一只松鼠。她拍了拍尤利西斯的头。"低一点儿。"她悄悄对它说,"但你要时刻准备着。"她用一块抹布盖住了尤利西斯,使得它几乎被藏了起来。

"那是什么?"丽塔问。

"什么?"弗罗拉说。

[①] 玛丽·安托瓦内特(1755—1793),原奥地利帝国公主,后嫁入法国王室,并于1774年成为法国王后。她一生奢侈无度,钟爱打扮。好莱坞影片《绝代艳后》就是根据她的生平改编拍摄的。

"那个盒子里面。"丽塔说,"是个小娃娃吗?你刚才是在和那里面的小娃娃说话吗?"

"跟小娃娃说话?"弗罗拉说。她感到一股怒火冲了上来,脸颊热得发烫。天哪!她都十岁了,马上就要十一岁。她连心脏复苏术都会做,她知道如何去智斗死对头,她甚至知道海豹的油脂在绝境中的重大意义,她是一个超级英雄的搭档。

再说,她可是个与众不同的女孩啊!

她怎么会拿着鞋盒装着娃娃四处转悠?!

"我——没——有——小——娃——娃。"弗罗拉说。

"让我看看吧!"丽塔说,"别害羞。"她弯下腰,那绝代艳后式的头发刮着弗罗拉的下巴。

"不行!"弗罗拉说。

"我是乔治·巴克曼。"弗罗拉的爸爸用一种担忧的声音说,"你好吗?"

"咯吱,咯吱咯吱。"丽塔说。

弗罗拉顿时有一种强烈的不祥预感。

丽塔慢慢地把她的铅笔伸向鞋盒。她把抹布向一边挑开。然后,那块抹布缓缓地(哦,简直太慢了)倒向一边,露出了尤利西斯长着胡须的小脸。

"我是乔治·巴克曼。"她爸爸的声音更大了些,"你好吗?"

丽塔爆发出一声悠长又惊人的尖叫。

尤利西斯也用尖叫回敬她。

接着,它从鞋盒中跳了出来。

此刻,仿佛一切都静止了。

尤利西斯悬在空中。

终于来了,弗罗拉想,这是个白炽灯侠般的伟大时刻!

第三十章

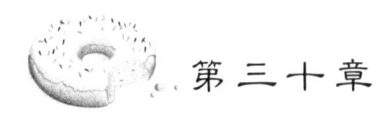

太阳蛋

它有生以来从没有这么害怕过,从来没有。这个女人的脸如同怪兽一样,头发也无比丑陋,连她的名字(丽塔)在它看起来都分外狰狞。

"冷静!"它对自己说。它强忍着她拿着铅笔在自己周围戳来戳去,尽量保持一动不动。

但是丽塔突然尖叫起来。

面对她那刺破苍穹的尖叫声,它很难不用同样尖厉的叫声回敬。

她尖叫,它也尖叫。

然后,它的每一项动物本能都被唤醒。它试图逃跑,于是它从盒子里面跳了出来,却很不巧地落在它最讨厌的地方——那坨又大又丑的头发中间。

丽塔上蹿下跳,双手高举过头,又拍又抓,试图把它弄下来。她出手越重,跳得越高,尤利西斯就抓得越紧。

如此往复,丽塔和尤利西斯好像在绕着甜甜圈餐厅跳舞一样。

"发生什么事情了?"有人喊道。

"她的头发着火了。"有人回答。

"不,不,是有什么东西在她的头发里。"另一个人喊道,"而且是个活物!"

"哎——呀——"丽塔尖叫道,"救——命——啊——"

尤利西斯想:事情是怎么发展到现在这个地步的?

就在刚才,它还看着甜甜圈店的菜单,被上面那光鲜的食物图片和诱人的解说文字迷得直流口水。

菜单上有巨大的糖霜甜甜圈、果酱夹心甜甜圈和巧克力甜甜圈。

尤利西斯还没吃过如此大的甜甜圈呢。

实际上,它什么样的甜甜圈都没吃过。

每一种甜甜圈看起来都那么美味,这可让尤利西斯不知如何是好了。

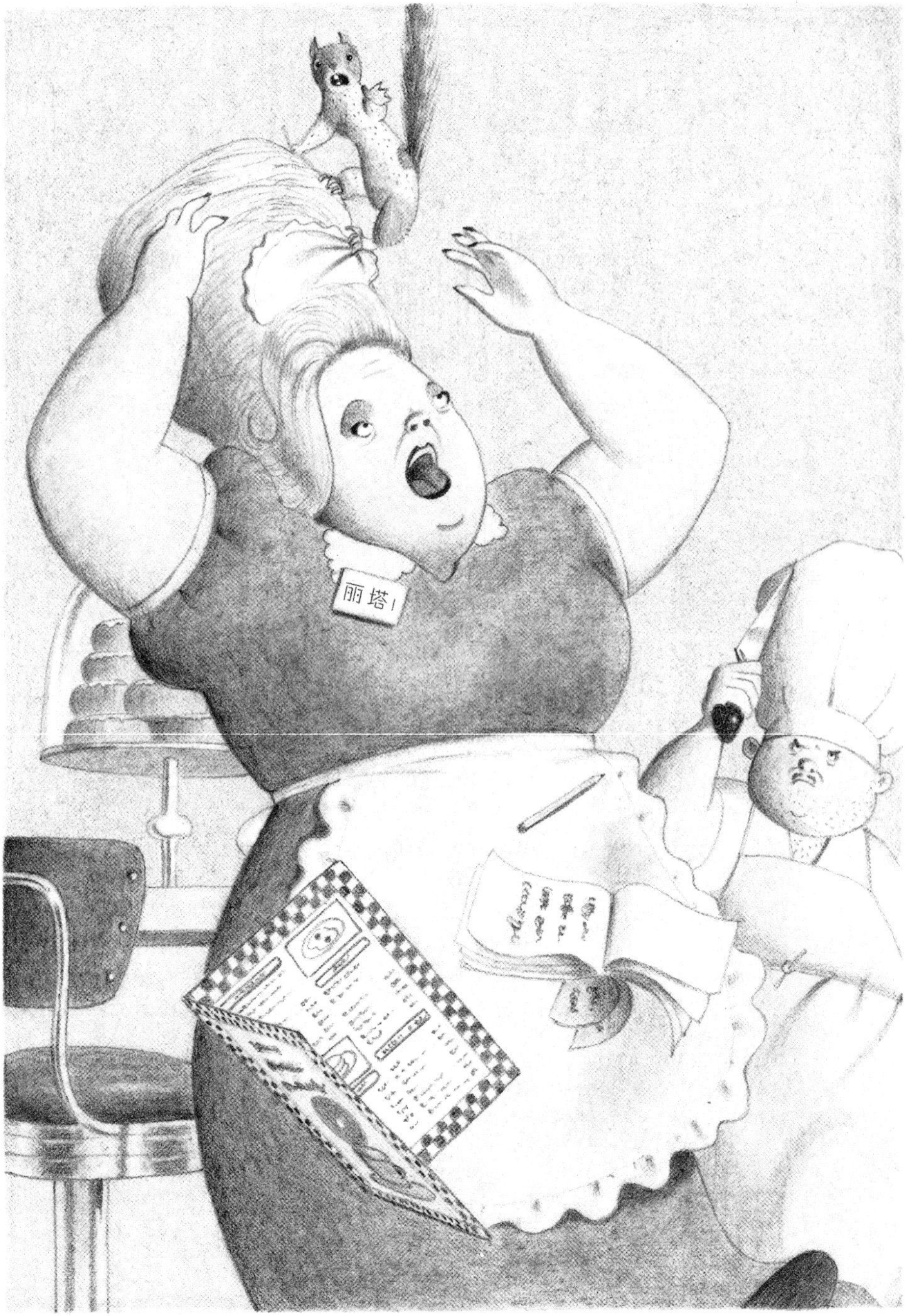
丽塔

而且，更要命的是，他们还有许多关于鸡蛋的菜：炒蛋、煮蛋、双面煎蛋、太阳蛋……

太阳蛋，尤利西斯抓着丽塔的头发想，多么美的一个名字啊！

一个男人从厨房里冲出来。他戴着一顶高高的白帽子，手里拿着一把闪着寒光的刀。

"快救我！"丽塔叫道。

还有我，尤利西斯想，也请救救我。

但它很确定，那个拿着刀冲过来的男人肯定不是来救它的。

接着，它听到了弗罗拉的声音。因为丽塔一直在旋转，所以它看不到她。餐馆里的所有事物也都因为急速旋转而变得模糊——所有的脸庞似乎都变成了一张脸，所有的惊声尖叫也仿佛都变成了同一声尖叫。

但是弗罗拉的声音如此出众，这是它所爱的人的声音。它集中精力去听她说的话，并努力去理解。

"尤利西斯！"她喊道，"记得你是谁！你是尤利西斯。"

记得它是谁？

它是谁？

弗罗拉仿佛听到了它正在思考的问题,她回答它:"你是尤利西斯!"

对啊,它想,我是尤利西斯。

"行动!"弗罗拉喊道。

这个建议很好,弗罗拉说得对。它是尤利西斯,它必须有所行动。

拿着刀的男人正向丽塔靠近。

尤利西斯松开了她的头发。它再次跳起来,这一跳目标明确,这一跳它拼尽全力。

它飞起来了!

第三十一章

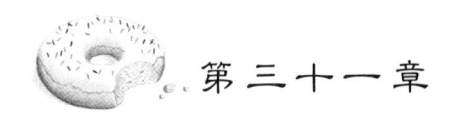

世事总是出人意料

弗罗拉看着尤利西斯飞过她的头顶,它的尾巴伸得笔直,两只前爪前伸,一切正如她的梦境一样。它看起来充满了令人难以置信的英雄气概。

"天哪!"弗罗拉说。

她站到座位上以便看得更清楚。

当白炽灯侠飞翔的时候,当他在暗黑无界的世界里突然变成了耀眼光柱的时候,他通常是有目的的,而多洛雷斯总会飞在他身边,陪伴他,给他建议和智慧。

弗罗拉并不确定尤利西斯到底想要做什么,看起来它自己也不太清楚。不过,它一直在飞翔。

"我是乔治·巴克曼。"她的爸爸喃喃自语道,"你好

吗?"

弗罗拉都忘了她爸爸就在身边。他抬头看着尤利西斯,微笑着。这不是一个悲伤的笑容,而是一个快乐的笑容。

"爸爸?"弗罗拉说。

丽塔又发出一声响亮的尖叫:"那个东西刚刚在我的头发里!"

有人朝尤利西斯扔了个甜甜圈。

一个婴儿大哭起来。

弗罗拉站到父亲身旁,小手滑进了他的大手掌。

"世事总是出人意料啊!"弗罗拉的爸爸模仿多洛雷斯的声音说道。

弗罗拉已经好久没听过爸爸说这句话了。

"它的名字叫尤利西斯。"她告诉他。

她的爸爸看看她,扬起了眉毛。"尤利西斯。"他说,摇了摇头,然后又笑起来,"哈哈!"

接着,他放声大笑:"哈哈哈哈——"

弗罗拉心花怒放。"别盲目期待。"她对自己的心说。

突然,她注意到那个厨师正挥舞着尖刀,试图接近飞在半空中的尤利西斯。

她抬头看着爸爸:"这种无法无天的事情必须被阻止,对吗?"

"对!"她爸爸说。

得到了爸爸的赞同,弗罗拉马上跑去追那个手持尖刀的人。

第三十二章 甜甜圈上的糖霜

| 我飞啦！ | 弗罗拉在哪儿？ | 那是块甜甜圈吗？ |

糖霜！

第三十三章

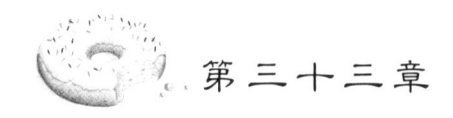

得了狂犬病会痒吗？

尤利西斯双眼紧闭，头上血流不止。弗罗拉从《可怕的事情可能会发生在你身上》里得知，头部创伤通常都会引发大量流血。

"头部创伤通常都会引发大量流血。"她对爸爸说，"不用慌。"

"好的。"他说道，"用这个吧。"说着他把自己的领带递给了弗罗拉。

弗罗拉俯下身。一切仿佛昨日重现——她在图蒂家的后院，在一只素未谋面的松鼠面前俯身察看。

"尤利西斯？"她边说边用领带擦拭血迹。

尤利西斯没有睁开它的眼睛。

一阵诡异的寂静降临。整个甜甜圈餐厅都陷入了短暂的沉默当中。一切事物——那些甜甜圈、尤利西斯、弗罗拉的爸爸——好像都屏住了呼吸。

弗罗拉知道这是怎么回事。她在《可怕的事情可能会发生在你身上》里读到过,这是一场暴风雨前的死寂。空气仿佛都静止了,全世界都在等待。

暴风雨接踵而至。

在甜甜圈餐厅里,曾有一瞬间彻底的寂静,每一个人都屏住了呼吸。突然,有人开口说道:"我觉得那是只老鼠。"

"但是,它刚才飞起来了。"另一个人说道。

"它刚才还跑到我的头发里了。"丽塔说道。

那个厨师喊道:"我要打电话报警!我这就打!"

丽塔就在他身后:"别叫什么警察了,欧尼,快叫救护车吧。我觉得我得狂犬病了,这东西刚才就在我头发里。"

"你!"厨师欧尼用手里的刀指着弗罗拉,"是你刚才拦着我的。"

"就是她!"丽塔说,"她就是拦着你的人。而且,就是她把那玩意儿带进来的,还把它打扮得像个小娃娃。"

"我没有。"弗罗拉说道,"我没有把它打扮得像个小娃娃。而且,这一切都是你惹出来的。"

《犯罪分子就在我们中间》提到过:"有时,用一些诽谤言辞能让犯罪分子处于不利的被动状态,突如其来的不公平感能让罪犯停止攻击。"

这建议看起来确实管用。

丽塔眨了眨眼睛,张了张嘴又合上。"都是我惹出来的?"她说。

弗罗拉在尤利西斯跟前俯下身,把一只手指放到它的小胸膛上。她感到它的心脏在以一种缓慢的、思虑深深的节奏跳动,这让她顿时觉得无限欣喜又如释重负。而刚才一直在剧烈跳动着的她自己的心,此刻也在胸膛中慢了下来,似乎在用自己的节奏来回应尤利西斯的心跳:咚咚,咚咚,咚咚。

"尤利西斯。"她的心仿佛在说,"尤利西斯。"

"我这就去叫警察。"欧尼说道。

"你好,我是乔治·巴克曼。"弗罗拉的爸爸喊道,"你这么急着叫警察,有什么原因吗?"

"当然有原因啦!"丽塔说道,"这东西刚跑我头发里面去了。"

"你觉得一只松鼠跑到你的头发里,有必要通知警察吗?"弗罗拉的爸爸问。

这个问题的愚蠢,还有混乱的逻辑,都让弗罗拉由衷地感谢她的爸爸。她拎起尤利西斯,把它放在她左臂圈起的"摇篮"里。

"我都能感到狂犬病要发作了!"丽塔说道,"我好痒。"

"得了狂犬病会痒吗?"弗罗拉的爸爸说。

"我得叫人来。"欧尼说,"她竟敢拦着我!"

"你觉得这件事情该叫谁来处理比较明智?"弗罗拉的爸爸问道。他打开门,做了个手势让弗罗拉先出去。弗罗拉照做了。

门在他们身后合上。

"快跑!"她爸爸说。

于是,他们两个飞奔起来。

跑着跑着,弗罗拉的爸爸又笑起来,并不是那种淡淡的微笑,而是哈哈大笑。

癔症,弗罗拉想。

她知道遇到发癔症该怎么办,她爸爸得被扇几个巴掌

才能好。但不幸的是,他们现在没时间做这个,此刻是走为上策。

跑向车子的这一路上,她的爸爸都笑个不停。上了车,他依然在笑;把手放在方向盘两点和十点钟位置时,他仍在笑;把车开出停车场,驶离甜甜圈餐厅时,他还在不停地笑啊,笑啊。

笑着笑着,他突然停了一下,模仿鹦鹉多洛雷斯的声音喊了一句:"我的天哪!"

之后,他又大笑起来。

第三十四章

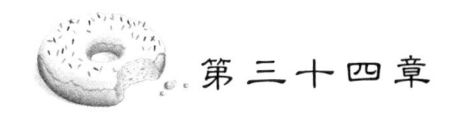

三十六计，走为上策

他们正在逃跑的路上。可他们逃得实在太慢了，因为弗罗拉的爸爸仍然雷打不动地坚持不把车开快。

弗罗拉不停地回头看，她担心警察、丽塔或者欧尼会追上来。

当她终于低头看尤利西斯时，它的双眼紧闭。突然，一个可怕的想法冒了出来。

"它要是脑震荡了怎么办？"她问爸爸。

她爸爸，当然，依旧在大笑不止。

弗罗拉试图回忆《可怕的事情可能会发生在你身上》里关于脑震荡是怎么说的。书里好像提到让头部受伤的人唱一段他最喜欢的摇篮曲，通过这种模糊的发声练习可以帮他重新找回语言能力……

弗罗拉盯着尤利西斯看。

它不能说话,而且她怀疑它很可能根本不知道什么是摇篮曲。

它的头上有一道小小的伤口,还好血已经止住了。尤利西斯正在有规律地慢慢呼吸。

"尤利西斯?"她说。

突然,她想起来书里总提到的一句话:"让可能患有脑震荡的病人保持清醒是最重要的。"

于是,她轻轻地摇晃尤利西斯。它的双眼依然紧闭。她摇晃的力度又大了些,而它的眼睛睁开了一下又闭上了。

弗罗拉的心刚刚提起来一下又重重地跌落谷底。她突然间感到很害怕。

"超级英雄会死吗?"她大声问。

她爸爸的笑声止住了。"听着,"他说,"我们不会让它死的。"

弗罗拉的心再次提起来,心中又燃起了希望。

"这是不是意味着你不会用铲子砸扁它的头了?"她问。

"我不会的。"她爸爸说。

"永远不会?"

"永远不会。"

"你保证?"

"我保证。"

她爸爸从后视镜里看着她,弗罗拉与他对视。

"那我们去你那儿吧。"她说,"它在那儿绝对安全。"

弗罗拉说这些话的时候,她的爸爸又发疯似的狂笑起来。

第三十五章

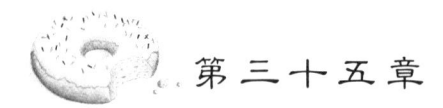

恐惧的气味

弗罗拉的爸爸经过比利逊公寓的走廊时从来不用走的。

他跑。

弗罗拉·巴克曼,抱着她那有可能脑震荡的松鼠,跑在他身边。

弗罗拉和爸爸之所以跑着通过,是因为比利逊公寓的主人克劳斯先生有一只巨大无比、凶悍异常的黄猫,也叫克劳斯先生。克劳斯猫先生是比利逊公寓走廊的霸主,永远徘徊在那里,随意地在房客的门前撒尿、呕吐。

克劳斯猫先生还经常藏在走廊那绿色的阴影里,等待那些不走运的人走出他们的公寓门(或者是进入比利逊公寓的入口,又或者是进入地下室洗衣房)时,突然发动袭击——猛扑向他们的脚踝,狠狠地咬一口或者挠一把,同时发出咆哮声(有时也会诡异地发出那种愉悦的咕噜声)。

弗罗拉爸爸的脚踝因此伤痕累累。

"那猫能闻到你身上恐惧的气息!"弗罗拉边跑边喊,"这可是个科学事实。"

她在《可怕的事情可能会发生在你身上》里读到过关于恐惧的说法:"恐惧会散发出气味,而那气味从很远处就能吸引捕食者。"

在她前面,她爸爸依旧一刻不停地大笑着。

如果弗罗拉时间充裕的话,她肯定会说:"天哪!到底有什么好笑的?"

但她现在时间很紧。

尤利西斯亟待抢救。

第三十六章

惊讶、愤怒、愉悦

弗罗拉站在267号公寓的门外盯着门上的牌子看。这牌子是仿木材质的,上面刻着白色的字——医生的密斯彻!

这个"的"是什么意思?密斯彻这个姓归这个医生所有吗?还有,为什么要用感叹号?这个人难道不知道感叹号的作用吗?

惊讶、愤怒和愉悦——这是感叹号所表达的情绪。这跟谁住在哪儿一点儿都不沾边。

但在这特别的时刻,这个感叹号看上去用得非常合适。一个医生住在267号公寓!这件事情太让人兴奋了!

"你看什么呢?"弗罗拉的爸爸说。他一边轻声笑着,一边把钥匙插进271号公寓的房门里。

"住这儿的是个医生?"弗罗拉问。

"密斯彻医生。"她爸爸说。

"我要去看看这位医生能不能帮到尤利西斯。"弗罗拉说。

"好主意!"她爸爸说着打开了公寓的门,左右看了看,"小心点儿克劳斯猫先生。我一会儿去和你会合。"

弗罗拉抬起手去敲密斯彻医生家的门时,她爸爸就把门关上了。

但她还没来得及敲门,这扇门就从里面打开了。一个老妇人站在门口冲她微笑,她的假牙在楼道那昏昏沉沉的绿色调子里闪着白光。她的公寓里有人正在尖叫。不,那是人在唱歌,是歌剧,歌剧录音。

"终于见到你啦!"老妇人说,"看到你的脸我太高兴啦!"

弗罗拉转过身看看自己身后。

"我就是跟你说话呢,小姑娘。"

"我?"弗罗拉说。

"是啊,你,弗罗拉·巴克曼,被你父亲,乔治·巴克曼先

医生的
密斯彻!

生深深宠爱着的小姑娘。进来吧,小姑娘,进来。"

"实际上,"弗罗拉说,"我正在找一位医生。我需要医疗急救。"

"当然,当然。"老妇人说,"我们每一个人都需要医疗急救!你现在必须进来,我等你太久了。"

她伸出手把弗罗拉一把拽进267的领地,拽进了她的公寓。

《犯罪分子就在我们中间》里关于进入陌生人的家介绍了很多。书里建议,如果你这样做了就要自己承担后果。若你确实做了这个决定,去到一个你不认识的人的家里,一扇通往外部世界的门应该一直敞开,以便你能随时逃走。

那老妇人把门"轰"的一声关上。

歌剧的声音现在变得非常大。

弗罗拉低头看着扶在自己肩膀上的手,那只手布满了斑点和皱纹。

深深宠爱?弗罗拉想,是说我吗?

第三十七章

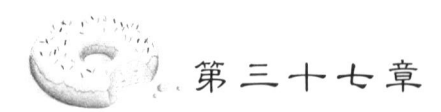

与天使一同歌唱

尤利西斯在一只水汪汪的大眼睛的注视下醒了过来。

它眨眨眼。它的头很痛。这只大眼睛那么美丽迷人,就好像是晶莹的小星球,却充满悲伤和孤独。

尤利西斯觉得很难移开自己的视线。

它盯着这只眼睛看,这只眼睛也盯着它看。

它死了吗?它已经被铲子砸扁头了吗?

它能听到有人在唱歌。它知道自己应该感到害怕,但是它丝毫没有恐惧感。在过去的二十四小时里,它的身上发生了太多事情,所以它已经不再担心了。而且,现在万事万物都变得非常有趣,它也完全不需要担心。

如果它死了,那么,也是挺有趣的一件事。

"我的眼神不如从前啦。"一个声音说道,"在我还是个小女孩的时候,我住在布兰德密森①。在其他人还看不见招牌的时候,我就能读出上面的字了。什么东西都看得清倒不会对我有什么帮助,有时候看不见倒是更为安全。在布兰德密森,招牌上说的经常不是实话。读到谎话有什么好处呢?不过,这就是另外一回事了,我回头再给你讲。我发现这个放大镜可太有用了。我看见它了。它还好好地喘着气呢。"

"我知道它还在喘气。"另一个声音说道,"我能分辨出来。"

这是弗罗拉的声音!弗罗拉就在这里!真让人安心啊!

"嗯,我看出来了,它是一只松鼠。"

"天哪!"弗罗拉说,"我知道它是一只松鼠。"

"它掉了好多毛啊。"那个声音说。

"你是什么科的医生啊?"弗罗拉问。

屋子里的歌声充满着悲伤、爱恋和绝望。

尤利西斯试图站起来。

一只温柔的手把它按了回去。

①该地实际并不存在。

"我的丈夫才是医生。"那个声音说,"不过,他已经去世了。他已经在某个地方与天使一同歌唱了。这是一种委婉的说法:与天使一同歌唱。为什么想要不用这种委婉的说法就这么难呢?它们总是这样跳出来,试图让人们在接受艰难的事情时能高兴一点儿。所以,让我再试一次。我的丈夫,另一个密斯彻,已经死了。然后,我希望他正在某处唱歌,可能唱着莫扎特作曲的歌。但是,谁知道他现在在哪儿,又在干什么呢?"

"天哪!"弗罗拉再一次感叹,"我需要一个医生。尤利西斯可能有脑震荡。"

"嘘!冷静,冷静。你这么激动干什么?没必要担心。你担心什么?你告诉我发生了什么让你觉得它有脑震荡。"

"它撞门上了。"弗罗拉说,"用头撞的。"

"嗯,好的,这确实能引起脑震荡。当我还是个小女孩的时候,在布兰德密森,人们总会有脑震荡——这是来自洞穴怪人的礼物。你懂的。"

"来自洞穴怪人的礼物?"弗罗拉说,"你在说什么呀?快看看它吧,它看起来像是有脑震荡吗?"

密斯彻太太的那只硕大无朋的眼睛又靠近了。她在研究它。那美丽的声音在歌唱,与密斯彻太太的声音嗡嗡相和。尤利西斯感到一种奇异的平静。如果它的余生都在这种嗡嗡声中被一只巨大的眼睛盯着,那将会非常糟糕。

"它的瞳孔没有放大。"密斯彻太太说。

"瞳孔放大?"弗罗拉说,"我记不起来这一条了。"

"所以,这是好事。这是个有希望的迹象。下面我们来看看它是不是还记得刚才发生了什么,检查一下它是不是失忆了。"

弗罗拉的脸进入了它的视野。它很高兴能看到她那圆圆的头。"尤利西斯,"她说,"你还记得刚才发生了什么吗?你还记得在甜甜圈餐厅的事吗?"

它记得曾经待在丽塔的头发里吗?它记得丽塔的尖叫声吗?它记得那个拿着刀的男人吗?它记得那次飞翔吗?它记得自己重重地撞到了头吗?它记得它差一点儿就吃到了超大的甜甜圈吗?尤利西斯在心中梳理了一下答案:记得,记得,记得,记得,记得。最后一个,记得。

它点了点头。

"嗯。"密斯彻太太说,"它能点头,它能和你交流。"

"它与众不同,很特别。"弗罗拉说,"它是一只特别的松鼠。"

"棒极啦！我相信你说的话！"

"它身上发生了一些事情。"

"是啊，它的头撞到了门上。"

"不是。"弗罗拉说，"在那之前，它被吸进去了，被吸尘器吸进去了。"

一阵短暂的沉默。接着，密斯彻太太继续嗡嗡地沉吟起来。尤利西斯再一次试图站起来，继而再一次被轻轻地按回去。

"你是在用委婉的说法吗？"密斯彻太太问。

"没有。"弗罗拉说，"我说的就是真实发生的事。它被吸尘器吸进去了，出来之后它就变了。"

"肯定的！"密斯彻太太说，"被吸尘器吸进去改变了它。"她把放大镜举到眼前，仔细地研究它。然后，她放低了放大镜："跟我说说，它都有哪些改变？"

尤利西斯用四只爪子站起来，这回没人把它按回去了。

"你可千万别用委婉的说法。"密斯彻太太说。

"它有了超能力。"弗罗拉说，"它力气很大，而且它会飞。"她停顿了一下，"还有，它还会打字。它能写诗歌。"

"打字！诗歌！飞翔！"密斯彻太太兴奋地说道。

"它的名字叫尤利西斯。"

"这个……"密斯彻太太说,"可是个重要的名字。"

"这个……"弗罗拉说,"这是那个差点儿害死它的吸尘器的名字。"

密斯彻太太看着尤利西斯的眼睛。

一个人看着一只松鼠的眼睛是件挺稀奇的事。

尤利西斯让自己站得更直些。它迎接密斯彻太太的目光,与她四目相对。

"你得把它能听明白人说的话这项能力也列进去,这可不是件小事。"密斯彻太太对弗罗拉说。接着,她转向尤利西斯:"你的胃有感到不舒服吗？"

尤利西斯摇摇头。

"很好。"密斯彻太太说着拍了下手,"我想尤利西斯没有脑震荡,只有它头上的这道小伤口。除了这个,它很好,非常好,简直棒极啦！我想也许这只松鼠只是饿了。"

尤利西斯点点头。

是的,是的！它饿极了。它想要太阳蛋。

它想要个撒满了糖霜的甜甜圈。

第三十八章

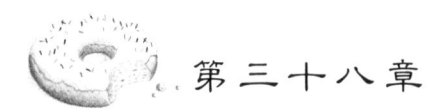

无边的黑暗

"你在沙发上好好听听莫扎特的曲子。"密斯彻太太对弗罗拉说,"我去做些三明治。"

"那我爸爸怎么办?"弗罗拉说,"我不用告诉他我在哪儿吗?"

"乔治·巴克曼先生知道你在哪儿。"密斯彻太太说,"他知道你是安全的。所以,一切都很好。你快坐到马毛沙发上去吧。"

密斯彻太太走进厨房。弗罗拉转身看向那个沙发,那沙发可真是大啊!她试探地坐上去,然后又非常缓慢地滑了下来。

"哇!"她说。

她重新爬回沙发上,然后全神贯注地坐好。她坐在那儿,双手放在身体两侧,双腿向前伸直,感觉自己像一只超大号的娃娃。她觉得非常疲倦,还有一点儿疑惑。

可能我受刺激了,她想。

《可怕的事情可能会发生在你身上》曾经有一期列举了受刺激后的一系列症状,但是弗罗拉一条也记不起来了。

是不是受刺激后的一条症状就是记不起来受了刺激?

她看向尤利西斯。它依旧坐在餐桌上,看起来也很迷惑。

她向它挥了挥手,它向她点了点头。

接着,她注意到在沙发对面的墙上挂了一幅油画。这幅画看上去就是一片漆黑,无边的黑暗。

"无边的黑暗"是《犯罪分子就在我们中间》里经常提及的词。但为什么有人会画一幅除了无边的黑暗外什么都没有的画呢?

弗罗拉滑下沙发走向那幅画,然后目不转睛地盯着它看。在一片漆黑中,有一条极小的船漂浮在黑色的大海上。弗罗拉看着那幅画,好像有什么东西包裹在那只小船外面,像是一片有触手的阴影。

天哪!黑色大海上的小船正在被一只大章鱼吞食!

弗罗拉的心脏因为受到突然惊吓而悸动了一下。"我的天哪!"她轻声说。

厨房里传来了银质餐具碰撞的声音。歌剧停止了。

"尤利西斯?"弗罗拉说。

她回过头,看到尤利西斯正坐在地板上闻它的尾巴。

"过来。"她说。

它走过来,被她放到了肩膀上。"看!"她说。

它也盯着那幅画看起来。

"小船正在被一只大章鱼吞食。"

它点了点头。

"真是悲剧!"弗罗拉说,"船上还有人呢。仔细看,你能看到他们。他们虽然像蚂蚁一样大,但确实是人啊!"

尤利西斯斜着眼睛看了一会儿,又点了点头。

"他们全都会死的。"弗罗拉接着说,"他们中的每一个人都会死。作为一个超级英雄,你应该想要救他们!白炽灯侠就会那样做!"

"啊!"密斯彻太太说着站到了她们身后,"你们在研究我那孤单可怜的大章鱼呢！"

"孤单？"弗罗拉说。

"大章鱼在万物中应该是最孤独的一个了，它可能终其一生都见不到一个同类。"

不知道为什么，密斯彻太太的话让她想起了威廉，那个有着浅金发白的头发，戴着深色墨镜的男孩。弗罗拉的心颤了一下。快走开，威廉，她想。

"那只章鱼是个坏蛋！"弗罗拉大声说，"得有人来降服它。它正在吞掉这只船，而且它还会吃掉船上所有的人。"

"有时，孤独感会让我们做出很可怕的事情。"密斯彻太太说，"这就是为什么这幅画会在这里，它是用来提醒我这一点的。而且，这幅画是那个密斯彻医生在他风华正茂的时候画的。"

弗罗拉想：天哪！那当他年老又压抑的时候，他得画什么呀？

"现在，请坐到马毛沙发上。"密斯彻太太说，"我去把果酱三明治拿出来。"

弗罗拉坐在沙发上，尤利西斯坐在她肩膀上。她举起手碰了碰它，它那么暖和，就像是个小暖炉。

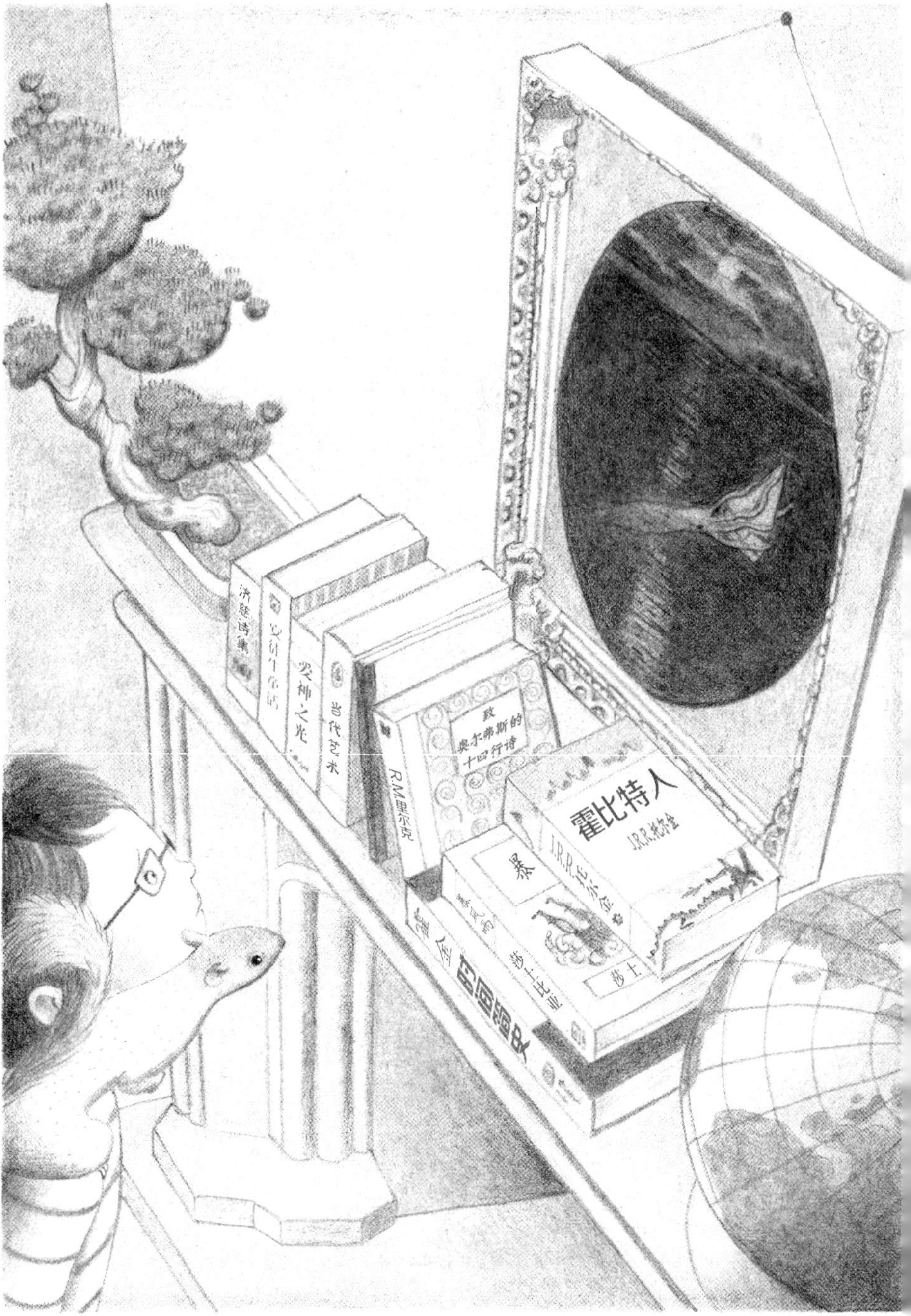
济慈诗集
爱神之光
当代艺术
致
奥尔弗斯的
十四行诗
R.M.里尔克
霍比特人
J.R.R.托尔金
莎士比亚

"大章鱼是现存的生物里面最孤独的。"弗罗拉大声说。

接着,为了把这些都深深地记在脑海里,她喃喃自语道:"海豹的油脂。"

然后,她小声说道:"别盲目期望,取而代之的是,观察。"

她的手一直没有离开尤利西斯。

第三十九章

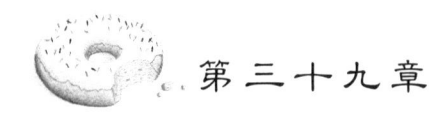

滚落的眼泪

密斯彻太太从厨房里走出来,她手里拿着个粉色的盘子,上面有几个小三明治。她在弗罗拉的旁边坐下。

"这个马毛沙发挺舒服吧?"她对弗罗拉说。

"我想是吧。"弗罗拉说。

"吃个果酱三明治。"密斯彻太太说着,把盘子推向弗罗拉。

尤利西斯从弗罗拉的肩膀跳到她的腿上,闻了闻盘子。

"看来我们的病人饿了。"密斯彻太太说。

"它没吃早饭。"弗罗拉说着,拿起来两个三明治,把其中一个递给尤利西斯。

"这个沙发,"密斯彻太太说,"是我祖母的沙发。她就在这个沙发上出生。她一生都住在布兰德密森。死后,她被埋葬在一块深色的木头里。不过这就是另一个故事了。"

她停了一下,接着说:"我想说的是,当我还是个小女孩的时候,在布兰德密森,我就坐在这个沙发上和我的祖母说那些无足轻重的事,一直说到暮色四合。这就是那时,一个布兰德密森的普通小女孩会做的事情。而且,我们每天都要为洞穴怪人织衣服,日复一日。"

"什么洞穴怪人?"弗罗拉说,"而且,布兰德密森在哪儿?"

"现在不用担心洞穴怪人。我只是想说,那时的生活非常沉闷,总是在织东西。"

"听起来很糟糕。"弗罗拉说。

"就是这个词——糟糕。"密斯彻太太说着微笑起来。她的假牙可真亮,门牙上面还有一点儿草莓酱。

弗罗拉伸手又拿了一个三明治。《可怕的事情可能会发生在你身上》里有没有警告说,不能在一个来自布兰德密森的女人家里吃三明治?

"你爸爸很孤独。"密斯彻太太说,"而且,他很伤心。离

开你这件事让他心碎。"

"是吗?"弗罗拉说。

"是的。乔治·巴克曼先生曾多次坐在这张沙发上倾诉他的悲伤,他还流下了眼泪。这张沙发见证过许多人的流泪时刻。这是一张很适合流泪的沙发。你看,它很催泪。"

她的爸爸曾经坐在这张沙发上流泪直到暮色四合?

弗罗拉突然觉得她也想哭了。她这是怎么了?

海豹的油脂,她想,这个词让她的情绪稳定下来。

她又递给尤利西斯一块三明治。

"你爸爸的心胸特别宽广。"密斯彻太太说,"你知道这是什么意思吗?"

弗罗拉摇了摇头。

"就是说乔治·巴克曼先生的心很大,可以容纳得下好多快乐和悲伤。"

"哦。"弗罗拉说。

不知道为什么,她仿佛听到威廉的声音在说,这个宇宙本来就充满了未知。

"宽广的心胸。"密斯彻太太的声音说。

"未知的宇宙。"威廉的声音说。

弗罗拉感觉一阵眩晕。

"我是个愤世嫉俗者！"她毫无预兆地大声宣布,丝毫没察觉到自己的声音有些大了。

"嗯,愤世嫉俗者。"密斯彻太太说,"愤世嫉俗就是害怕去相信。"她的手在脸前挥舞着,好像要赶走一只苍蝇似的。

"那你有……相信的事情吗？"弗罗拉说。

"有啊。"密斯彻太太答道,又绽放了那个刺眼的笑容,"你听说过帕斯卡的赌注吗？"

"没有。"弗罗拉说。

"帕斯卡提出,"密斯彻太太说,"既然上帝是否存在是无法证明的,那么一个人不如相信他真实存在,因为相信可以使他得到一切,却不会有任何损失。我就是这样认为的。如果我选择相信,我会失去什么吗？什么也不会！以这只松鼠为例,我是否相信它能用打字机写出诗歌？当然,我绝对相信。因为如果我相信这件事确实存在,世界便因此而更加美丽。"

弗罗拉和密斯彻太太看向尤利西斯。它正用前爪捧着一半三明治,胡须上沾着草莓酱。

"你知道什么是超级英雄吗?"弗罗拉说。

"当然,我知道什么是超级英雄。"

"尤利西斯就是个超级英雄。"弗罗拉说,"不过,它还没有什么真正的英雄事迹,最多就是飞来飞去。它曾把一台吸尘器高举过头,还写过一些诗歌。但是,它现在还没救过人,而救人,才是超级英雄应该做的事。"

"谁知道它会做什么事呢?"密斯彻太太说,"谁知道它会救谁?好多奇迹还没发生呢!"

弗罗拉眼睁睁地看着尤利西斯胡须里的一滴草莓酱颤抖了几下,然后慢慢地掉到了马毛沙发上。

"万事皆有可能。"密斯彻太太说,"当我还是个小女孩的时候,在布兰德密森,神奇的事情天天都会发生,或者隔一天发生,或者隔两天发生。甚至,有时什么都不会发生,但是,我们依旧满心期待。你明白我的话了吗?即使最后什么都没发生,我们一路走来,都心怀期待,因为我们相信奇迹早晚会降临。"

此时响起了敲门声。

密斯彻太太说:"应该是你爸爸来了。"

弗罗拉走过去开门,正是爸爸。他在微笑,看起来似乎有些意味深长。

"爸爸。"她说。

"看,他笑了。"密斯彻太太说。

弗罗拉的爸爸微笑着摘下礼帽,弯腰鞠躬。"我是乔治·巴克曼。"他说,"你好。"

弗罗拉再也抑制不住,也笑了起来。

她还在笑着,但一个世界末日般的声音却在比利逊公寓的走廊里回响起来。前一分钟,她爸爸还站在那儿,手里拿着帽子,微笑着;下一分钟,克劳斯猫先生便突然出现在乔治·巴克曼那光溜溜的头顶上。

第四十章 战无不胜

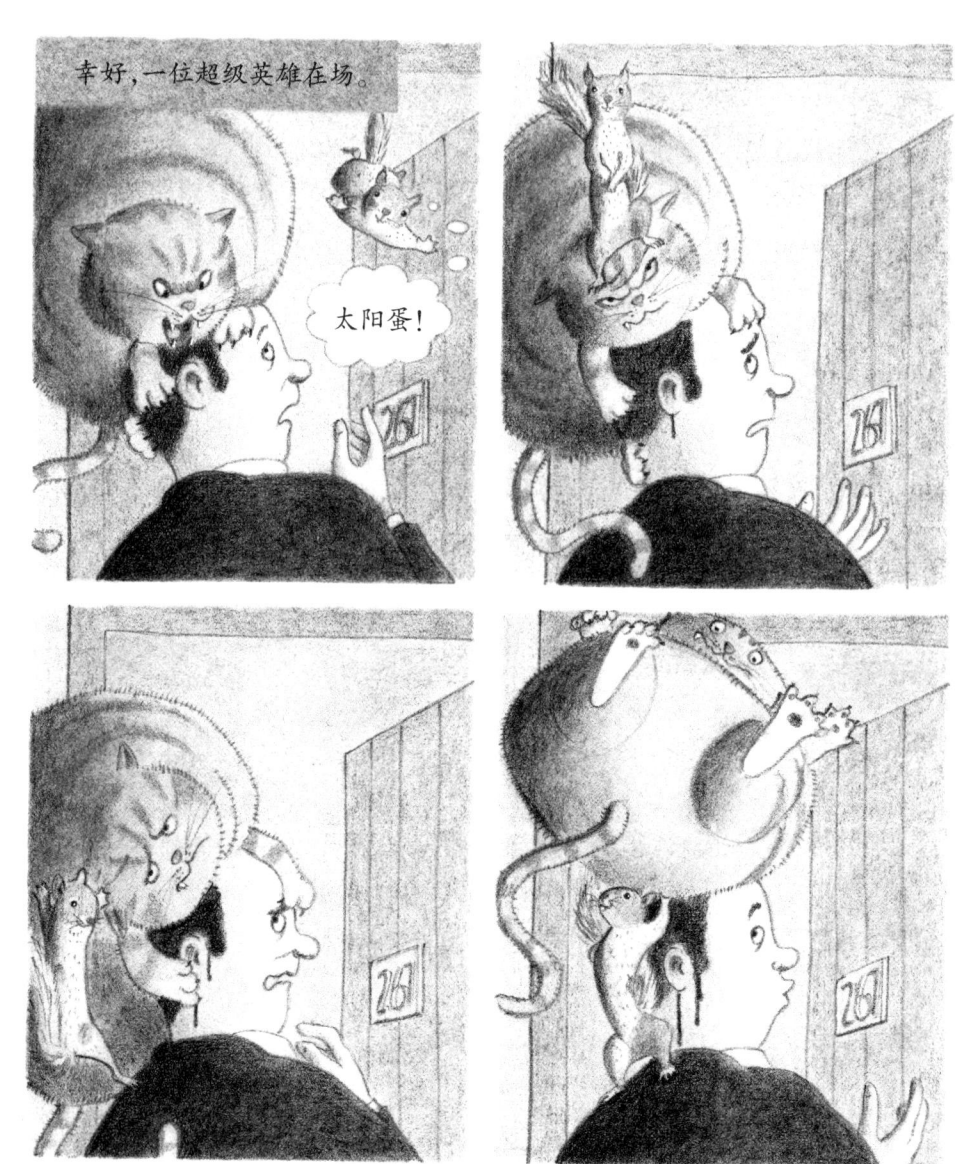

幸好,一位超级英雄在场。

太阳蛋!

天哪!

我的天哪!

战无不胜!

这位超级英雄
对自己感到非常满意。
它觉得自己力大无穷!
它突然诗兴大发,
想赋诗一首!

第四十一章

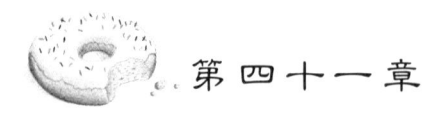

我保证

他们又上车了,弗罗拉爸爸的双手分别扶在方向盘十点钟和两点钟的位置,弗罗拉坐在前排,尤利西斯把头伸出窗外。虽然弗罗拉极力反对,爸爸还是要把她和尤利西斯送回她妈妈的家。

"我必须得送你们回去。"她爸爸说,"我们要在每周六下午那个固定的时间到达,不能引起任何怀疑。"

弗罗拉想要反对,但她仿佛看到了悬在她、爸爸和尤利西斯头上的话:

宿命无法拖延!

敌人必须直面!

"我的天哪!"她爸爸说。他的右耳朵被一大堆纱布包着,所以他的头看起来一边大一边小。"世事总是出人意料啊!一只松鼠竟然战胜了一只猫。"他摇了摇头,微笑起来。

"现在到了迎接下一场战役的时刻了。"弗罗拉说。

"一切都会好的。"她爸爸说。

"但愿如此吧。"弗罗拉说。

外面下起雨来。

尤利西斯把脑袋缩回车里,抬头看着弗罗拉。它那满是细小胡须的脸使弗罗拉感到很安心,她对它笑了笑。尤利西斯也满足地叹了一口气,蜷缩在她的腿上。

"当我还是个小女孩的时候,在布兰德密森,"密斯彻太太在他们将要离开267号公寓的时候对弗罗拉说,"我们总是猜测彼此是否还能再相见。世事无常,所以,跟一个人说'再见'充满不确定性。是否还会再见呢?谁又说得准?布兰德密森是个充满黑暗秘密的地方,那里有没有标记的坟墓、可怕的咒语,还有洞穴怪人!所以,我们用特别的方式相互道别。我们说:'我保证我定会转过身向你走来。'现在,我把这句话送给你,弗罗拉。我保证,我定会转过身向你走来。你对我也得说一遍。"

"我保证,我定会转过身向你走来。"弗罗拉说。

此刻,她对着尤利西斯,再次说出这句话:"我保证,我一定会转过身向你走来。"

她将一只手指放在尤利西斯的胸膛上。它的小心脏跳动的节奏仿佛在说:"我保证,我保证,我保证。"

心,可真是神奇的东西。

"爸爸。"弗罗拉说。

"嗯。"

"我能感受下你的心跳吗?"

"我的心跳?当然可以。"

说着,乔治·巴克曼的双手史无前例地全部离开了方向盘,而车子还在行驶中。他大大地张开双臂。弗罗拉把尤利西斯从自己的腿上轻轻地挪到旁边的座椅上,然后她探身向前,伸出自己的手,将它放在爸爸的左侧胸膛上。

她感受到了。爸爸的心,在他的胸膛内跳动。那心跳那么坚定、那么有力。正如密斯彻太太所说:"心胸宽广。"

"谢谢你。"她对爸爸说。

"小事一桩。"他说,"你高兴就好。"

他把双手放回方向盘十点钟和两点钟的位置,然后他们三个——他、弗罗拉,还有那只松鼠——在接下来的路

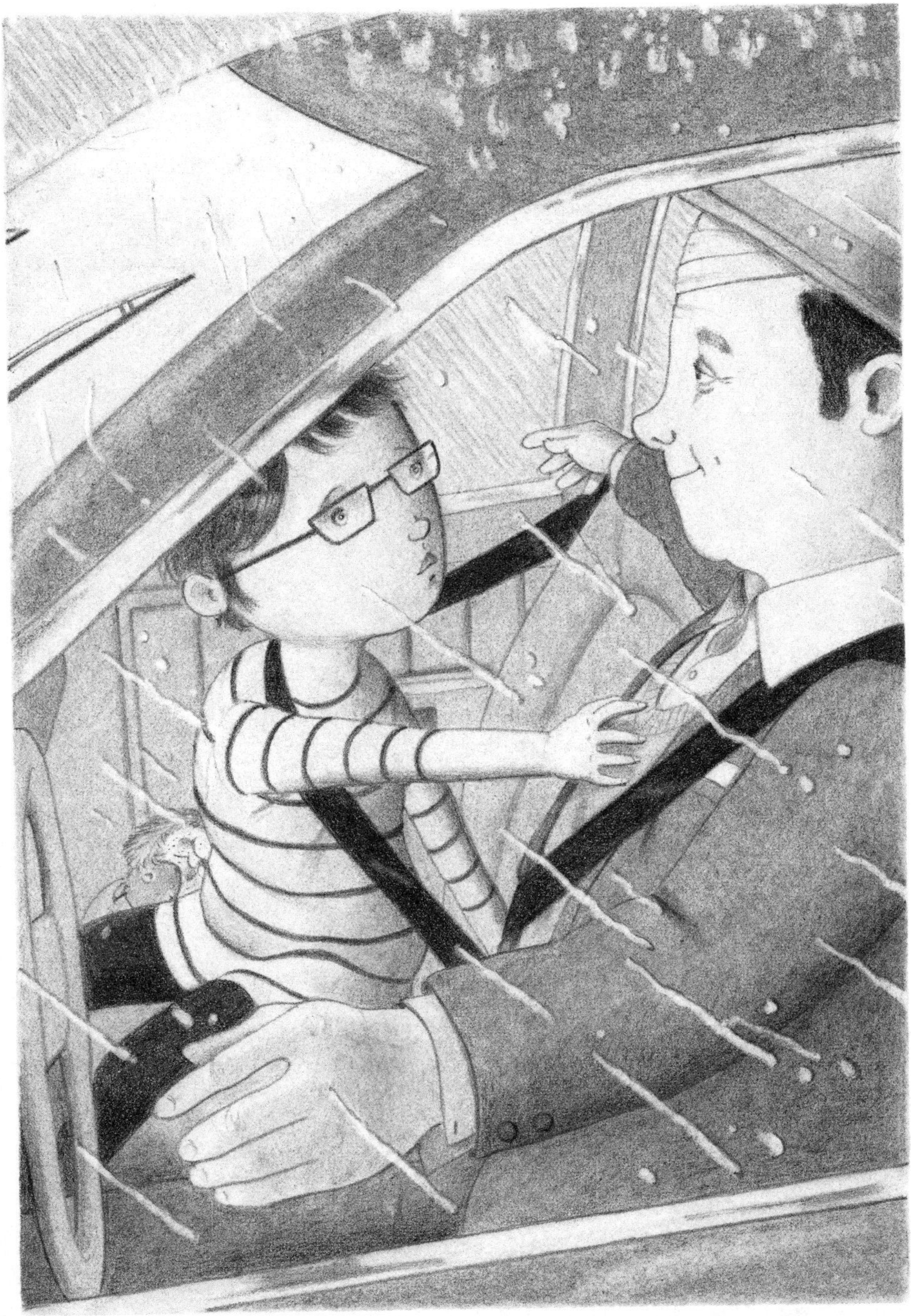

程里再无人讲话,车内有一种奇异的安详。

只有雨刷器在嗡嗡作响,左右摇摆,仿佛唱着一首甜蜜但跑调儿的歌。

尤利西斯睡着了。

弗罗拉感到非常开心。

第四十二章

不祥预感

弗罗拉的爸爸把车靠边停好后熄了火,雨刷器发出一声惊讶而短促的尖叫后停在半途。雨势渐缓,太阳从云层后匆匆露了一面就又消失了,番茄酱混合了奶油的残留气味从座椅里缓慢地升腾出来。

"我们到啦。"她爸爸说。

"是啊。"弗罗拉说,"我们到了。"

贝尔格莱德街412号。

弗罗拉从出生到现在所居住的房子。

但它似乎不同了,有些东西已经改变了。

是什么呢?

尤利西斯爬上她的肩膀,弗罗拉把手放在它身上。

这房子看起来怪怪的,好像在算计着什么坏事。

不祥预感。

这个词在弗罗拉的脑海中冒了出来。

这栋房子看起来充满不祥之兆。

"难道没有生命的东西(沙发、椅子和刀叉之类的)也能被罪犯的气息所感染吗?"最新一期的《犯罪分子就在我们中间》里曾经提出这样的质疑。

书里还写道:"当然,这种观点是毫无科学依据的。但是,我们仍然不得不承认在这个奇异的可悲世界里,确实存在几乎触手可及的危险能量:餐具看上去像被施了咒语,沙发上满是污点,房子因受不住它里面发生的罪恶而发出呻吟和喘息。我们能够解释这些吗?不。我们能弄明白吗?不。我们知道罪犯的存在吗?是的,但我们只能惊恐地(同时也是不幸地)肯定,犯罪分子将永远存在于我们中间。"

弗罗拉想:那个死对头也将永远存在于我们中间。尤利西斯的死对头此刻就在那房子里。

"你还记不记得那个暗黑万魔手?"弗罗拉对爸爸说。

"记得。"她爸爸说,"他挥舞着一万只愤怒、贪婪的复仇之手。他是白炽灯侠不共戴天的敌人。"

"他是白炽灯侠的死对头!"弗罗拉说。

"是啊。"她爸爸说,"我跟你说,暗黑万魔手最好远离咱们的松鼠。"

说着,他按响车笛。

"斗士回家啦!"他喊道,"战无不胜的征服者、超级英雄松鼠,回家啦!"

尤利西斯挺直了胸膛。

"我们走。"弗罗拉说,"这是我们的使命。我们得去面对我们的死对头。"

"这就对啦。"她爸爸说,"勇往直前!"

说着,他再一次按响车笛。

第四十三章

嘴上抹蜜

他们走进房子,小牧羊女正在恭候他们。她依然站在老地方,一只小羊趴在她脚边,她头上顶着一个小圆球,而她脸上还是那种"我知道一些你不知道的事情"的表情。

弗罗拉的爸爸脱下礼帽对着灯鞠了一躬:"我是乔治·巴克曼,你好。"

"有人吗?"弗罗拉冲着寂静的房子喊道。

从厨房传来一阵笑声。

"妈妈?"弗罗拉说。

没人回答。

弗罗拉那种不祥的预感加深了,蔓延了。

接着,她妈妈说话了:"没错,威廉。"

威廉?

弗罗拉只认识一个威廉。他和尤利西斯的死对头在厨房里干什么?

接着,那熟悉的打字机敲击键盘的声音响了起来,还有转行时滑动卷轴发出的声音。

尤利西斯紧紧地抓住她的肩膀,兴奋得"唧"地叫了一声。

她妈妈再一次笑起来。

接下来的话更可怕:"非常感谢你,威廉。"

"嘘。"弗罗拉对她爸爸说。他此时站在那儿,侧耳听着,手里还拿着礼帽,脸上挂着一丝朦胧的笑意。

在他耳朵的绷带上有一抹小小的、圆圆的血迹,看上去有一种奇怪的喜庆感觉。

"你待在这儿。"弗罗拉说,"我和尤利西斯过去看看。"

"好的。"她爸爸说,"听你的,我就在这儿。"他把礼帽戴回头上,点了点头。

超级英雄站在她的肩膀上,她悄悄地穿过客厅,站在关闭着的厨房门前一动不动,把自己变成一只巨大的耳朵。

变成一只巨大的耳朵这件事,她真是越来越在行了。

弗罗拉凝神细听,她能感觉到尤利西斯的身体绷得紧紧的,也在仔细地听着。

她妈妈开口说话了:"是的,这句这么写:'弗雷德里克,我梦着你,已经梦了几个世纪。'"

"不!"另一个又高又尖、令人烦躁的声音说道,"你在我永恒的梦中。"

"嗯。"弗罗拉的妈妈说,"'永恒的梦中',这样说更好,更加诗情画意。"

尤利西斯在弗罗拉的肩膀上变换了下姿势,点了点头。

"是的,没错。"威廉说,"更加诗情画意。'世纪'这个词听起来像是地质学里用的词,没什么浪漫的感觉。"

"好吧。"弗罗拉的妈妈说,"那么,下一个呢,威廉?"

"实际上,"威廉说,"如果您不介意,我更喜欢您叫我威廉·斯帕夫。"

"好的。"弗罗拉的妈妈说,"我很抱歉。下一个是什么,威廉·斯帕夫?"

"让我看看。"威廉说,"我想接下来弗雷德里克应该说:'我也梦到了你,安琪莉可。亲爱的,我要告诉你,那些有你的梦都是那么鲜活美丽,以至于我再也不想在现实中醒来。'"

"嗯,这句也很好,你等一下啊。"

打字机再度"哐哐"地活过来,转行时滑动卷轴也发出"叮叮"的声音。

"你觉得怎么样?"弗罗拉轻声问尤利西斯,"你觉得写得好吗?"

尤利西斯摇了摇头,它的胡须在她的面颊上轻轻扫过。

"我也觉得不怎么样。"她说。

实际上,她认为这样写糟透了,这简直就是毫无营养的甜言蜜语。有个词就是用来形容这个的,是什么来着?

嘴上抹蜜。

对,就是这个词。

找到了恰当的词,弗罗拉感觉应该把它说出来。于是,她推开厨房门,迈步走了进去。

"嘴上抹蜜!"她喊道。

"弗罗拉?"她妈妈说。

"嘴上抹蜜？"威廉说。

"对！"弗罗拉答道。

她很高兴自己用一个简单的字就回答了两个重要的问题。

是的，她是弗罗拉。

是的，她要说的就是：嘴上抹蜜。

第四十四章

言不由衷的心

威廉戴着他的深色墨镜,手里拿着一根棒棒糖,微笑着。

他看起来就像一个大坏蛋。

弗罗拉的心里就是这样想的。

但是她的心,她那颗言不由衷的心,在看见他的那一刻便涌起一阵喜悦。弗罗拉的心实际上是很高兴见到威廉的。

她有太多的事情想要告诉他:帕斯卡的赌注、密斯彻太太、密斯彻医生、巨型章鱼、大甜甜圈(以及那只看不见的手)、密斯彻太太家的马毛沙发,还有一个叫布兰德密森的地方。

但是威廉此刻正坐在尤利西斯死对头的旁边,还面带微笑。

显然他是不可信的。

"弗罗拉?"威廉说。

"是我。"弗罗拉说,"我很惊讶你竟然闻不出来是我。威廉,你的鼻子不是很灵吗?"

"我从来没说过自己的鼻子很灵,但是我现在闻到了松鼠的气味。而且,还有另一种甜甜的气味,让人联想起学校餐厅的香气。是什么呢?对了,是草莓酱!我闻到了松鼠和草莓酱的气味。"

"松鼠?"弗罗拉的妈妈说。她从打字机那里转过头,看向弗罗拉。"松鼠!"她说,"你怎么会带着这只松鼠回来?我已经让你爸爸——"

"这种不法之事必须被阻止!"弗罗拉喊道。

弗罗拉妈妈的双手仍然放在打字机的键盘上。她瞪着弗罗拉,嘴巴张得老大。

威廉一反常态,没有说话。

尤利西斯站在弗罗拉的肩膀上,微微颤抖。

弗罗拉缓缓抬起她的左臂,指着她的妈妈说:"你让我爸爸对这只松鼠做什么？"

她妈妈清了清嗓子："我让你爸爸——"

不过，她还没来得及说出真相，厨房门便突然被弗罗拉的爸爸推开了。

"我是乔治·巴克曼。"他对着整个屋子说，"你们好。"他走进厨房，站到弗罗拉身边。

"乔治，到底怎么回事？"弗罗拉的妈妈说，"你看上去像是打了一架。"

"我还行。我被这只松鼠救了。"

"什么？"弗罗拉的妈妈很诧异。

"我被克劳斯先生袭击了。它突然落到我头上，然后——"

"这太有意思了。"威廉说，"对不起，我能打断一下吗？"

"当然可以。"

"克劳斯先生是谁？"

"克劳斯先生既是我的房东又是一只硕大的猫。通常，克劳斯猫先生都会袭击人的脚踝，但这次它袭击了我的头。我毫无准备，吓了一大跳。"

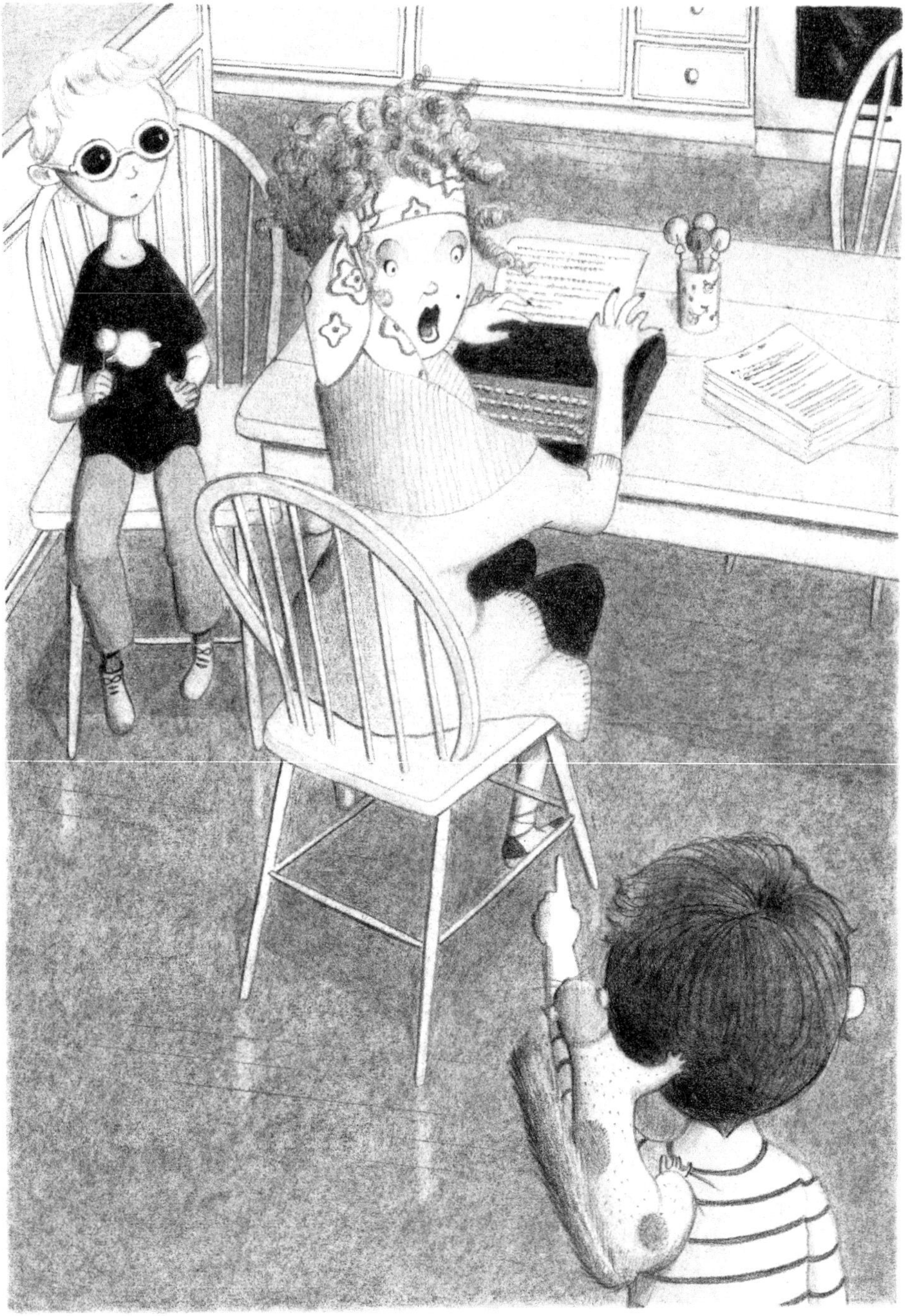

"然后呢?"威廉问。

"然后,克劳斯猫先生咬了我的耳朵,疼死我啦!接着,这只松鼠救了我。"

"你——是——疯——了——吗?"弗罗拉的妈妈瞪着眼睛问。

"我觉得我没疯。"弗罗拉的爸爸说,脸上带着满怀希望的笑意。

"你怎么连这么小的事都办不好?我说过让你去把松鼠的问题处理掉。"

弗罗拉感到一阵愤怒传遍了全身。"不要再说得那么隐晦!"她说,"不要再说什么'松鼠的问题'。你就是让他去谋杀我的松鼠!"

尤利西斯"吱"地叫了一声以示赞同。

接着,厨房变得如坟墓般寂静。

第四十五章

四个字

"这是事实!"弗罗拉说,"你让爸爸去杀尤利西斯。"

谴责完了妈妈,弗罗拉把她的炮火都转向了威廉和他的背叛。

"你在这儿干什么呢,威廉?为什么你在我家厨房里?为什么你和我妈妈在一起?"

"他在帮我润色小说。"

威廉的脸颊突然泛起一抹明亮又奇异的潮红。"您说我对您有帮助让我非常高兴,巴克曼女士。"说着,他把棒棒糖放到一边,然后向弗罗拉妈妈的方向鞠躬,"我得承认我对语言的感知力天赋异禀,而且我狂热地钟爱小说这种形式。但是,比起言情小说,我更偏爱将事实和幻想融合在一起的科幻小说。书里充满人类对于宇宙奥秘的不懈猜想。你听说过夸克、矮星、黑洞这些词吗？你知不知道，在我们说话的这会儿，宇宙还在不断地扩大？"

只有尤利西斯兴致勃勃地摇了摇头，显然被他说的这些神奇的事情感染了。

威廉把他的深色墨镜推高了一些，深吸了口气："说到宇宙扩张，你是否知道宇宙里有大约一千亿个星系？在这样浩瀚的宇宙里，尝试自己去创造些东西显得可笑又鲁莽。但是，我仍然百折不挠，坚持不懈。"

"你没有回答我的问题，威廉。"弗罗拉说。

"让我再试一遍啊。"他说。

"不！"弗罗拉说，"你是个叛徒。而你——"她转而指向她妈妈，"你是我们的死对头，一个彻头彻尾的坏蛋！"

弗罗拉妈妈的双手环抱在胸前："我做的一切都是为你好。如果这样就让我成了坏人，那我无所谓。"

弗罗拉深吸了口气："我要搬去和我爸爸住。"

"什么？"她妈妈说。

"真的？"她爸爸问。

"你爸爸连他自己都照顾不好，更别提照顾别人了。"

"至少他不会把一盏灯当成自己的女儿。"弗罗拉说。

"我感觉我好像错过了一些事情。"威廉说。

"我想和爸爸一起住。"弗罗拉说。

"真的?"她爸爸再次问道。

"那你就搬走吧。"她妈妈说,"这可省我的事了。"

省我的事。

就是这四个字,那么短、那么简单又那么平常,却像坚硬的石壁,冲着弗罗拉迎面而来,她甚至因为不堪忍受撞击而往旁边侧了侧身。她举起一只手放在尤利西斯身上,借助松鼠的力量让自己站稳。

"别期待。"她喃喃道,但她也不确定自己不忍期待的究竟是什么。

她觉得自己与众不同,但她的心却很疼。

威廉向后推了推自己的椅子,站了起来:"巴克曼女士,您是否愿意收回最后说的话?它们听起来有些伤人,这完全没必要。"

弗罗拉的妈妈什么也没说。

威廉依然站在那里。"那好吧。"他说,"我来说。这次,我努力把话说清楚。"他停了一下,"我来就是为了找你,弗罗拉。你已经走了那么长时间,我很想你,我想知道你是不是已经回来了,所以我就过来找你了。"

弗罗拉闭上了眼睛。她眼前一片漆黑,什么也看不见,而密斯彻医生画的那只巨型章鱼缓缓地游进了这片黑暗里,它悲伤地独自前行,孤单又巨大的触角四处拍打着。

我来就是为了找你。

是和威廉的重逢?还是他所说的话?为何她的心会起了涟漪?

"海豹的油脂。"弗罗拉说。

"请你再说一遍?"威廉说。

尤利西斯轻轻地推开了弗罗拉的手,纵身一跃离开了她。

"哦,不!"弗罗拉的妈妈说,"那玩意儿竟然……"

尤利西斯飞过弗罗拉妈妈的头顶,越飞越高。

"没错!"弗罗拉说,"就是这样。"

第四十六章 比巨大更大

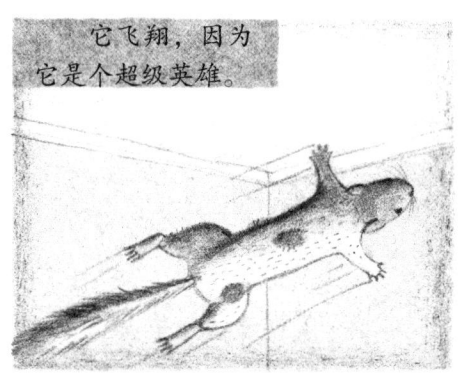

它飞翔，因为它是个超级英雄。

它飞身来支援，是要让弗罗拉高兴起来。

威廉说宇宙在不停地扩大……

这意味着身边万物都会变多：更多的芝士条、更多的果酱三明治、更多的词汇、更多的诗歌、更多的爱、更多巨大的甜甜圈……也许能比巨大的甜甜圈更大。

"比巨大更大"是个词吗？

应该是的。

第四十七章

飞翔的松鼠

弗罗拉在想:为什么当尤利西斯飞起来的时候,周围就变得一片寂静呢?

在甜甜圈餐厅时也是这样(起码在所有人开始尖叫前是这样),就好像一小段平静的时光突然降临,世界变得梦幻、美丽又舒缓。

弗罗拉环顾四周,笑了。耀眼的阳光洒进厨房,将身边的一切照亮:尤利西斯的胡须、打字机的按键、她爸爸微微仰起的笑脸,还有她妈妈满是震惊与疑惑的脸庞。

甚至连威廉都被照亮了,他那浅金发白的头发外笼罩着一圈光晕。

"怎么了?"威廉问,"发生了什么?"

弗罗拉的爸爸笑起来:"你看到了吧,菲利斯?什么事都有可能发生。"

尤利西斯在他们头顶上飞着。它时而疾降到地板上方,时而又猛地升高到天花板那里。它朝身后看了看,接着在半空中表演了一个懒洋洋的后空翻。

"天哪!"弗罗拉的妈妈用一种奇怪的、僵硬的声音说。

"谁能跟我说说,这到底是怎么回事?"威廉说。

尤利西斯再一次俯冲下来,贴着威廉的左耳飞过。

"啊!"威廉喊道,"那是什么?"

"是那只松鼠。"弗罗拉的妈妈用她那种奇怪的声音说,"它在飞。"突然,她站了起来:"好吧,我得去楼上小睡一会儿了。"

弗罗拉的妈妈这么说很奇怪,因为她从来没有小睡的习惯。实际上,她坚决反对小睡,她认为这样纯粹是浪费时间。

"我去稍微睡一会儿,我现在需要这个。"

弗罗拉的妈妈走出厨房,把身后的门关上了。

尤利西斯降落在打字机旁的桌子上。

"这也不是太让人难以接受。"威廉说,"要知道,能飞的松鼠是存在的。其实,有研究指出,现在的松鼠都是从之前能飞的松鼠退化来的。不管怎么说,能飞的松鼠是有案可稽的事实。"

尤利西斯看了看威廉,又看了看弗罗拉。

它伸出一只小爪子按下打字机的一个按键。

打字机发出"咔"的一声,声音孤零零地回荡在厨房里。

"那又能飞又能打字的松鼠呢?"弗罗拉说。

"这倒没有记载。"威廉承认。

尤利西斯又敲了下按键,接着又敲了一下。

"我的天哪!"弗罗拉的爸爸感叹道,"它能飞,能战胜大猫,还能打字!"

"它是个超级英雄啊!"弗罗拉说。

"太神奇了!"她爸爸说,"这简直太奇妙了!但是,我想我最好去跟你妈妈简单说一说这个……嗯,情况。"

第四十八章

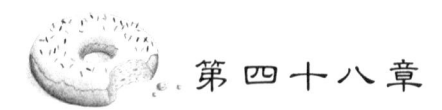

驱　逐

咔……咔……咔……

弗罗拉一言不发地站着。

威廉也一言不发地站着。

尤利西斯在打字。

"弗罗拉！"威廉说。

"嗯？"弗罗拉说。

"没事,我就是想确定一下你还在这里。"

"不在这里,我还能在哪儿？"

"我也不知道,但你确实说过你要搬出去。"威廉说,"我觉得你妈妈很吃惊,而且可能也很伤心。当然,她表达得也许不是很好,但那种震惊是真的。一个小说家就算有千言万语在心中,往往也表现得很淡定。"

咔……咔……咔……

尤利西斯的脸上有一种极度满足的陶醉神情。

"她说没有我省她的事了。"弗罗拉说。

"这个……"威廉说着把墨镜往鼻梁上推了推,拉了把椅子重新在餐桌旁坐下,继而深深地叹了口气。

"我的嘴唇发麻。"弗罗拉说。

"我知道那种感觉。"威廉说,"我的人生经历了很多波折,早已对身体表现出的苦痛习以为常了。"

"你经历过什么?"弗罗拉问。

"我被驱逐了。"

驱逐。

这个词好像一块石头,虽然小,但又冷又硬,一直存在于弗罗拉心里的一个角落。

"你为什么被驱逐了?"

"我觉得你应该问:你被谁驱逐了?"

"好吧。"弗罗拉说,"你被谁驱逐了?"

"我妈妈。"威廉说。

弗罗拉感到好像有另一块石头落进她心里。

"为什么？"她问。

"我和我妈妈的新丈夫发生了些不愉快。这个人不是我生父，而且他竟然叫'蒂龙'这么个傻名字。"

"那你生父去哪儿了？"

"他死了。"

"哦。"

又一块石头"哐当"一声掉进弗罗拉的心里。

"我的爸爸，我是说我的生父，是个特别有幽默感和大智慧的人。"威廉说，"而且，他有一双精致的小脚，特别小的一双脚。我也有一双小脚。"

弗罗拉看向威廉的脚。它们看起来确实小小的。

"我爸爸钢琴弹得很出色。而且，他对星相学非常有研究，他喜欢观测星星。他的名字也叫威廉。但是他死了。而我妈妈嫁给了一个叫蒂龙的人。他的脚一点儿也不精致，他甚至对天上有星星这件事都漠不关心，宇宙之谜对于他来说分文不值。他把我爸爸的钢琴卖掉了。这个男人还拒不叫我威廉，就称呼我为比利作为代替。我的名字，如你所知，现在不是、以前不是、以后也绝对不会叫比利。他一这么叫我，我就反对。他重复叫我，我就重复反对。在多次反对并且反对被多次漠视以后,一件事引起另外一件事,一些不可挽回的事情终于发生了。于是,我就被驱逐了。"

"一件什么事引起另外一件什么事?"弗罗拉问,"发生了什么不可挽回的事?"

"太复杂了。"威廉说,"我现在不想说。不过,基于咱们现在这种促膝谈心的氛围,你能不能说说,为什么你妈妈想拿一盏灯当女儿?"

"太复杂了。"弗罗拉说。

"我肯定这事很复杂。我感同身受。"

继而,又是一阵长长的沉默,夹杂着打字机键盘敲击的声响。

"我猜,松鼠又在写诗呢。"威廉说。

"我觉得也是。"弗罗拉说。

"这首诗感觉不短啊。一只松鼠到底在写什么能写得那么长呢?"

"今天发生了好多事。"弗罗拉说。

正值傍晚时分,院子里的榆树和枫树拉出长长的影子,那影子投进厨房,在地板上映射出一道道紫色的线。

弗罗拉觉得,自己搬出去以后,肯定会想念这些斑斓

的树影。

她会想念那些树木。

她甚至会想念威廉。

接着,威廉仿佛能读到她的想法似的,说道:"我说的都是真心话,我来这儿就是为了找你,我想念你。"

弗罗拉的心,一颗仿若那只章鱼般孤独飘荡的心,突然乱了分寸。

她张开嘴想说没关系。不过像往常一样,她想要对威廉说的,和她实际说出口的,是完全不同的内容。

弗罗拉试图说的是:"没关系。"

但她实际说的是:"你听说过一个叫布兰德密森的地方吗?"

"打断一下。"威廉举起他的右手,"我不想吓你,不过你闻到烟味了吗?"

弗罗拉嗅了嗅,真的有股烟味。

这是要起火了吗?难道今天经历的事情还不够多吗?

天哪!

第四十九章

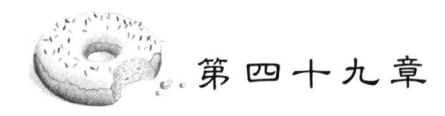

好消息,弗罗拉!

弗罗拉的妈妈和爸爸是一起走进厨房的。她妈妈的嘴里还叼着一根香烟。

她妈妈在抽烟!

她爸爸的一只手臂搂着她妈妈的肩膀。

这几乎和看到她妈妈抽烟一样吓人!她爸爸妈妈自从离婚后就再没有任何肢体接触了。

"好消息,弗罗拉!"她爸爸说道。

"真的?"弗罗拉说。

当一个人说他有好消息时,她是从来不相信的。据她的经验来讲,当真有好消息时,人们通常就把好消息是什么直接讲出来。但当有的是个坏消息,他们又想让你相信

这是个好消息时,便会说:"好消息!"

而当这是个非常坏的消息时,他们会说:"好消息,弗罗拉!"

"你妈妈认为,让松鼠留在这儿会是一件美妙的事情。"她爸爸说。

"什么?"弗罗拉说,"在这儿?和她在一起?那我该待在哪里?"

"待在这儿。"她爸爸说,"和你妈妈在一起。你、你妈妈,还有松鼠一起生活。这是你妈妈的想法。"

弗罗拉看向她妈妈:"妈妈?"

"是的,这是我的荣幸。"她妈妈说着,狠狠地吸了一口烟,手在微微发抖。

"你为什么抽烟了?"弗罗拉说,"我以为你戒了。"

"这看起来不是个戒烟的好时机。"她妈妈说着瞥了她一眼,"我现在感到压力很大。一只松鼠正在我用来写作的打字机上打字。天哪!"

"它写诗。"威廉说,"它不写小说。"

"那我们就来看看吧!"弗罗拉的妈妈说着,走到打字机旁边,居高临下地看着尤利西斯和纸上的字,"我们来看

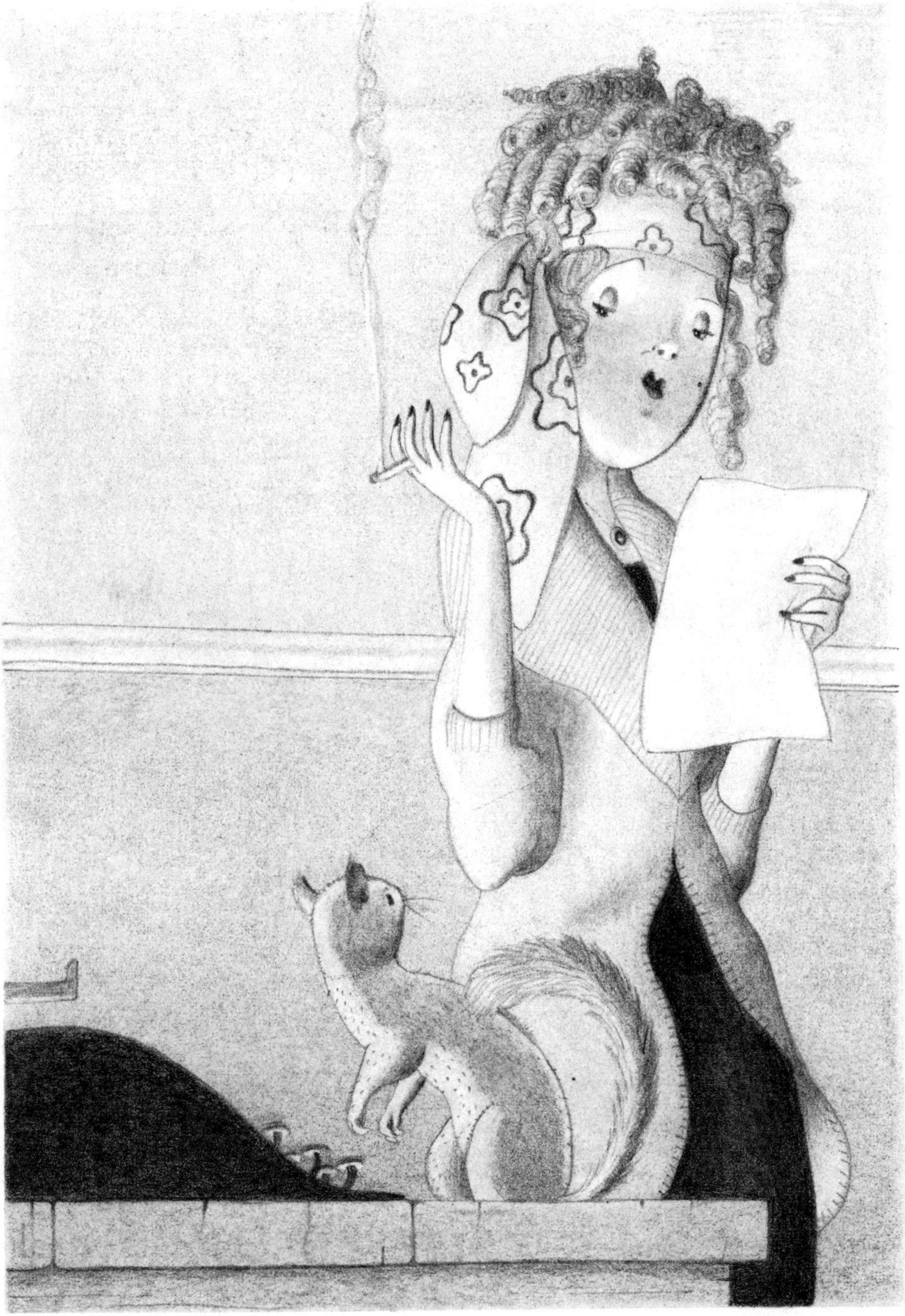

看,一只松鼠能写出什么样的诗。"

她的声音听起来还是很可笑,那么细小和遥远,仿佛她是从一口深井底下说话似的。实际上,她听起来像个机器人,一个试图模仿人类但却做得很糟糕的机器人。

弗罗拉突然感到有些害怕。

"我再点一根。"她妈妈用那种机器人般的声音说道。

她借着上一根烟的烟头点燃了一根新的香烟。

这样连续吸烟显然是种危险行径。

她妈妈深吸了一口烟,又吐出来,说道:"我能把松鼠写的诗读出来吗?"

第五十章

一个未完成的单子

实际上,这还不是一首诗。

目前来讲,这只是一个由词语组成的单子,供它转化成一首诗。

单子上的第一个词是**果酱**。

果酱后面是**巨型甜甜圈**,接下来是**糖霜**。

后面的词语有:

丽塔

太阳蛋

帕斯卡

巨型章鱼

小牧羊女

国际大奖小说

战胜

心胸宽阔

夸克

宇宙(扩张中)

布兰德密森

驱逐

单子的结尾是密斯彻太太道别时说的一番话：

我保证，我定会转过身向你走来。

尤利西斯觉得，这些词都是好词，甚至可以称得上是妙词，但这单子还远远没完。它只是刚刚开始而已，这些词语还需依它心里的顺序重新排列。

也就是说，当弗罗拉的妈妈把单子读出来的时候，它并没有多么令人印象深刻。

"天哪！这真是一首好诗！"弗罗拉的爸爸说道。

"我觉得不是。"威廉说，"没必要对它说谎，即使它是只松鼠。这实际上是首挺差劲的诗，不过我倒很喜欢最后一句话，说转过身回来的那句，感情很丰富。"

"但我觉得这首诗很好。"弗罗拉的妈妈说，"我很高兴咱们家又出了一位作家。"

她拍了拍尤利西斯的头。有些太大力了,它觉得这个拍打的动作近乎暴力。

"我们会成为一个快乐的小家庭。"弗罗拉的妈妈说着,又重重地拍了尤利西斯一下,却伪装成轻拍的样子。

"真的吗?"弗罗拉问。

"是的。"弗罗拉的妈妈答道。

此时,后门传来了敲门声。"有人在吗?"一个声音叫道。

图蒂!尤利西斯想。

"图蒂!"弗罗拉说。

"蒂汉太太,快请进。"弗罗拉的妈妈说,"我们正在读松鼠写的诗呢。"

"威廉!"图蒂说,"我叫了你一遍又一遍。"

"我没听到。"

"好吧,我承认我叫你的声音也不是很大。"图蒂说,"尤利西斯写了什么?"

弗罗拉的妈妈把单子上的词又读了一遍。

图蒂把手放在胸口,说道:"最后一句太美了,令人心碎!"

"最后一句是整篇里唯一连贯的句子。"威廉说。

"我因为受到尤利西斯的启发,自己也写了首小诗。"图蒂说。

它启发了图蒂!尤利西斯骄傲地挺直了身子,回过头闻了闻自己的尾巴。

"我想读读你的诗,图蒂。"弗罗拉说。

"是啊,我们应该找时间办个诗歌诵读会,我想尤利西斯会喜欢的。"图蒂说。

尤利西斯点了点头。

是的,它会喜欢的。

它还会喜欢有好吃的。

密斯彻太太的果酱三明治确实美味极了,但那是好久以前的事了。尤利西斯想吃东西了,而且它想让图蒂读诗给它听,它还想要创作它自己的诗。

还有,它想让弗罗拉的妈妈不要再打它的头了,因为她现在又在做这件事。

"威廉,"图蒂说,"你妈妈为了你的事给我打电话了。"

"她给你打电话了?"威廉问,他的声音尖锐颤抖但又充满希望,"真的吗?她让我回家了吗?"

"没有。"图蒂说,"不过该吃晚饭了,快和我回家吃饭吧。"

"家",尤利西斯想,这是个好词,而且"晚饭"也是个好词。

它转过身面向打字机,想要把"家"打出来。

第五十一章

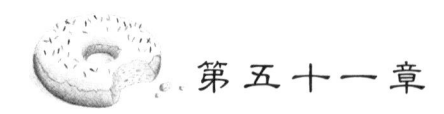

恶灵附体

一切都非常奇怪。

弗罗拉的妈妈坚持要他们三个一起围坐在餐桌旁。她还坚持要尤利西斯坐在一把椅子上。

这简直太可笑了,因为它一坐进椅子里就没办法够到餐桌。

"它能跟我坐在一起。"弗罗拉说。

"哦,不,不。我希望让它感到受欢迎。我希望让它知道,它在我们的餐桌上是真真切切有一席之地的。"

说着,她妈妈拉开椅子让尤利西斯爬上去。接着,她把椅子径直推到桌子底下去。

这真让人伤心!它那长着胡须的、毛茸茸的、满怀期待的小脸就这样消失在桌布下面了。

如果妈妈的行为举止没有那么奇怪,弗罗拉肯定会说些什么去据理力争。

但是,她妈妈的行为举止很奇怪。

非常,非常奇怪。

不仅她的声音变得像机器人似的,她还在说一些之前从未说过也绝不会说的话,传达着——以弗罗拉对她妈妈的了解来看——非常奇怪的情绪。

比如:想要一只松鼠在餐桌旁的椅子上就座。

比如:鼓励弗罗拉吃第二份芝士意面。

比如:在弗罗拉大吃第二份芝士意面的时候,只字不提她发胖的趋势。

她的妈妈简直就像是被附体了!

《可怕的事情可能会发生在你身上》出过一期名为"恶魔、恶灵和魔咒"的刊物。显然,综观历史,凡是举止古怪的人,都被认为其身体被恶魔或者是来自外太空的异形之类所控制。书里说,其实这些人(或者大部分)没有被附体,只是他们的精神被一些特殊事件逼到了崩溃的边缘,迫使他们经历着某种情绪失控。

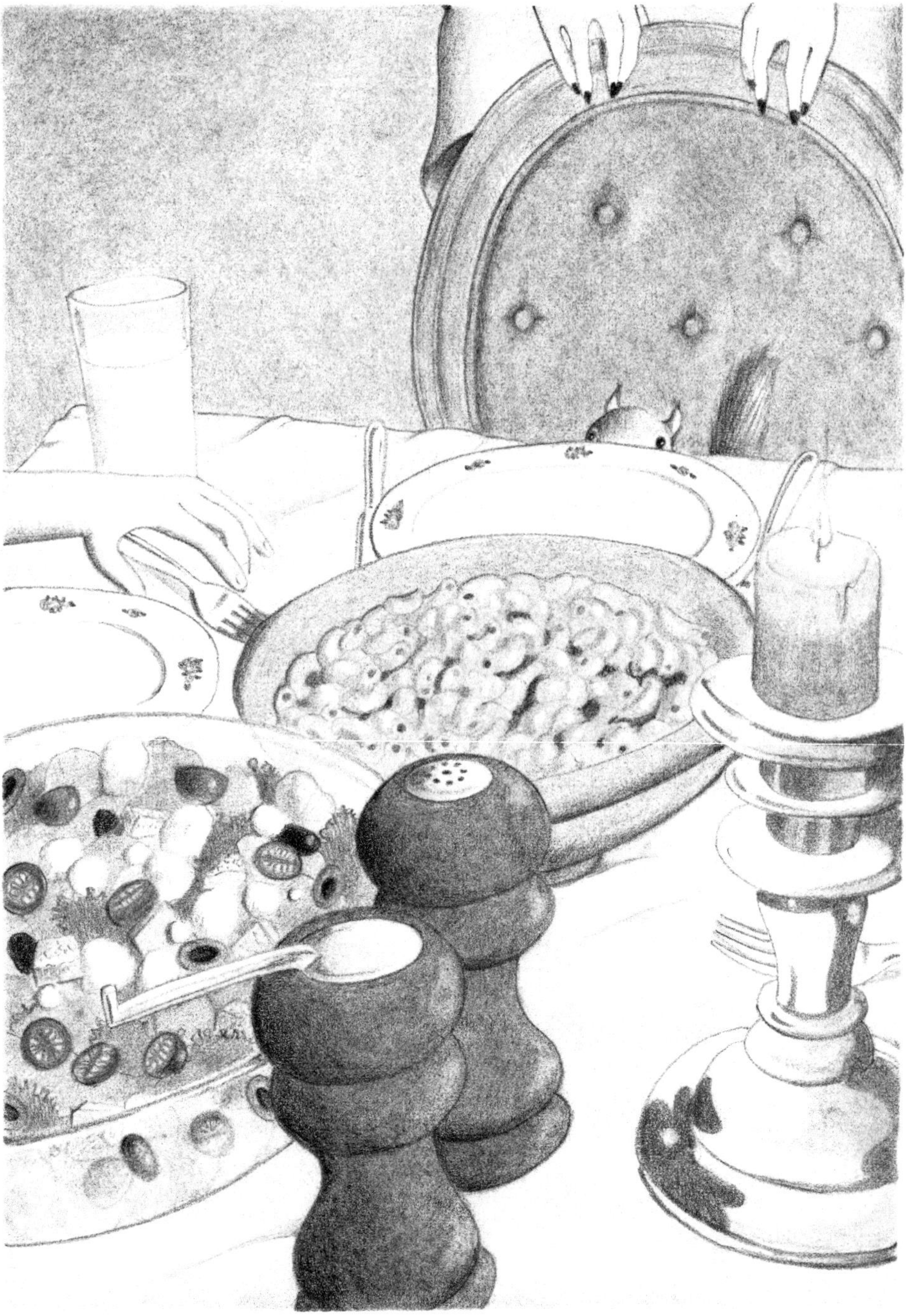

弗罗拉猜测,由于一只会打字又会飞的松鼠大大地超过了妈妈的接受能力,因此她被推到了边缘,正在承受某种精神崩溃之苦。

她要么就是崩溃了,要么就是被附体了。

当然,弗罗拉的爸爸也被推到了崩溃的边缘。但是,尤利西斯身上发生的事情对他有不同的影响。不知为何,这些事让他振作了一些。也许,这些令人目瞪口呆的奇迹,让他想起了白炽灯侠和多洛雷斯,以及让不可能的事情真实发生的可能性。

"我不能搬过去和你住吗?"弗罗拉在爸爸临走时问他。

"你当然可以过来和我住。"她爸爸说,"但是,现在你妈妈需要你。"

"她不需要我。"弗罗拉说,"她说我不在能省她的事。"

"我认为,你妈妈已经忘了如何表达她的真实想法。"她爸爸说。

"再说,"弗罗拉说,"她讨厌尤利西斯。我不能跟讨厌我宝贝松鼠的人一起住。"

"给她个机会吧。"她爸爸说。

"好吧。"弗罗拉说。

那晚,爸爸离开时,弗罗拉向他轻声说着密斯彻太太的道别话。虽然他不可能听得到,但是弗罗拉对于她爸爸没有回头向她走来,还是感到失望。

不过,不管怎样,她留了下来,给她妈妈一个机会,而就目前的情况来看,这就意味着她要看着妈妈用餐桌上的蜡烛一根接着一根地点烟。

弗罗拉满心期望着在某个时刻,妈妈的头发能被火烧着。

如果有人的头发着火了该怎么办?好像得用一条毯子不停地拍打那个人的头部。弗罗拉环视餐厅。问题是:她们有毯子吗?

她瞥到小牧羊女站在楼梯底下,正用一种厌倦的目光审视着弗罗拉和她妈妈。这次,弗罗拉与这盏灯意见一致:事情已经失去控制。

她妈妈说道:"和家人还有啮齿动物什么的共度时光是再开心不过了。不过,我的头很痛,我想我要上楼歇歇眼睛了。"

"好的。"弗罗拉说,"我来收拾桌子。"

"太好了,你真贴心。"

在她那奇怪的妈妈上楼之后,弗罗拉拉开了尤利西斯的椅子。它纵身跃上餐桌,对着那满满一盘的芝士意面上下打量。

"开吃吧!"她说,"这是给你的。"

它捞起一根面条,用前爪捧着,满脸渴望。

看着它,弗罗拉猛然想起《神奇白炽灯侠的光明冒险》里的一个画面。那张图画的是:阿尔弗雷德站在窗前,窗外是漆黑的夜色,他的双手握在背后,多洛雷斯落在他肩膀上。阿尔弗雷德看着窗外说道:"我在这世上多么孤单,多洛雷斯,我想回到我自己的同类中去。"

尤利西斯吃完了一根面条,又捧起另一根,芝士酱沾在了它的胡须上。它看起来很开心。

"我想家了。"弗罗拉说,"我想我的爸爸了。"

尤利西斯抬头看着她。

"我想念威廉了。"

一句她意料之外的话,就这样脱口而出。

我甚至想念我的妈妈,弗罗拉想,或者说想念妈妈曾经的样子。

国际大奖小说

外面漆黑一片。

她的妈妈在楼上。她的爸爸在比利逊公寓。威廉在隔壁。

宇宙正在扩张。

而弗罗拉·巴克曼正在思念她的同类。

第五十二章

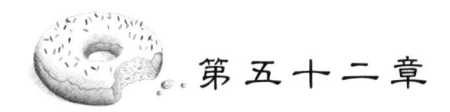

有可以形容的词汇吗?

尤利西斯坐在弗罗拉屋子的窗台上,低头看了看熟睡中的弗罗拉,又抬头去看窗外其他房子透出的点点灯火。它思考着想要加在诗中的词语。它想起密斯彻太太家里放的歌剧,回味那歌声的质感和传递的情绪。它回想克劳斯猫先生在走廊里被扔得往后翻跟头时脸上的表情。

有可以形容的词汇吗?

万家灯火、动人的音乐和大猫被战胜时脸上那恐惧的、难以置信的表情,有没有一个词可以把这些事都囊括进去?

尤利西斯侧耳倾听风吹过树上叶子的声音。它闭上眼睛想象着一个巨大的甜甜圈,上面撒着晶莹剔透的糖霜,

里面则是甜甜的奶油,或者是诱人的果酱。

它回想飞翔的情景。

它回想弗罗拉的脸,当她听到她妈妈说没有她会更省事时的表情。

一只松鼠该如何处理这么多的想法和感触?

弗罗拉轻轻地打了一声鼾。

尤利西斯睁开眼睛。

它看着周围房子里的灯火渐次熄灭,世界重归黑暗,只有街角的一盏路灯还在微弱地亮着。但那盏路灯忽明忽暗,一会儿"嘶嘶"地熄灭了,一会儿又重新亮起来,接着又熄灭了……黑暗,光明,黑暗,光明。

这盏路灯,尤利西斯想,到底想说些什么呢?

它想起威廉。

它想起"驱逐"这个词,还有"想家"。

它想象着把这些词打出来,看着它们在纸上一个接一个地出现。

弗罗拉睡前告诉它,让它最近先不要打字了,起码不要在她妈妈的打字机上打字了。

"这样可能会激怒她。"她说,"我觉得你用打字机写诗,还有在厨房里飞来飞去,让她精神上有些受不了。"

她说完,给了它一个难过的表情,便把卧室门关上了:"我关上门做个提醒,好吗?不要碰打字机,不要打字。"

第五十三章

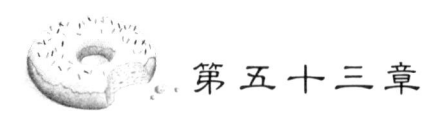

标　牌

弗罗拉在梦境中。

她正坐在河岸边,威廉坐在她身旁。阳光灿烂耀眼,在很远的地方有个霓虹灯标牌。那标牌上有字,但弗罗拉无论如何都看不清。

"标牌上写的什么?"弗罗拉问。

"什么标牌?"威廉说,"我患有暂时性眼盲。"

威廉在梦里和现实生活中一样烦人,这让弗罗拉感到很放松。

她盯着河水看,她从未见过这么明亮的东西。

"如果我是个探险家,在探险途中发现了这条河,我会把它命名为白炽河。"弗罗拉说。

"把宇宙想成一架手风琴。"威廉说。

弗罗拉感到一丝恼怒:"什么意思?"

"你听不到吗?"威廉问道。他把头歪向一边,侧耳倾听。

弗罗拉也认真听起来。好像是有人在很远的地方弹奏玩具钢琴。

"美不美?"威廉问。

"我觉得那声音不是特别像手风琴。"弗罗拉说。

"哦,弗罗拉!"威廉说,"你可真与众不同!这当然是手风琴的声音!"

不知为何,那标牌似乎移近了一些。霓虹灯组成的文字闪烁着:欢迎来到布兰德密森。

"哇!"弗罗拉说。

"什么?"威廉问。

"我能看清标牌了。"

"上面写的什么?"

"欢迎来到布兰德密森。"弗罗拉说。

琴声更大了。威廉抓着弗罗拉的手,一起坐在白炽河的岸边。弗罗拉开心极了。

但一扇关着的门对于超级英雄来说又算得了什么呢?

你这个傻乎乎的小牧羊女……

现在是超级英雄时刻!

或者会发生一些不可预知的事。

她想:我一点儿也不想家。

她想:威廉正握着我的手!

她想:尤利西斯在哪儿呢?

第五十四章

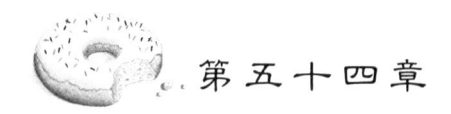

亲爱的弗罗拉

厨房里很黑,只有炉子上面的一点点灯光。尤利西斯自己待在厨房里,但它却感觉这里还有别人,好像有一只猫正在监视着它。

难道克劳斯猫先生跟踪过来了?难道它此刻正藏身在阴影里,随时准备复仇?猫的复仇很可怕,这种生物从来不会忘记任何一次羞辱,而被一只松鼠扔过走廊是一次多么严重的羞辱啊!

尤利西斯站得笔直。它伸出鼻子嗅了嗅,但它没有闻到猫的气味。

它闻到了烟味。

弗罗拉的妈妈从黑暗中走出来,走进厨房温和的灯光里。

她说:"我看你又跑到打字机这儿来了,用你的小爪子不停地敲敲打打。"说完,她又向前走了一步,把香烟叼到嘴里,双手同时伸出,把纸从打字机里扯出来。

卷轴尖叫了一声,好像是在反抗。

弗罗拉的妈妈把尤利西斯写的诗团成一团,看也没看,就把它丢到了地上。

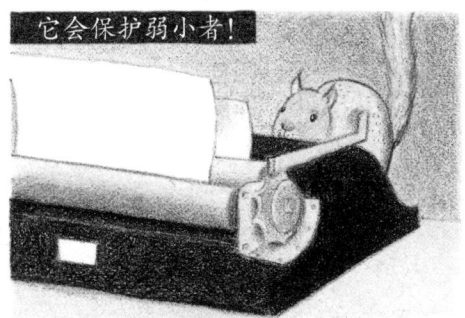

它会守卫无助者!

它会保护弱小者!

它要写一首诗!

"就是这样。"她说。

她吐出一个烟圈,这美丽的、谜一样的烟圈飘浮在厨房昏暗的灯光里。尤利西斯看着那烟圈在它头顶上的空气中渐渐扩大、消散,它感到既快乐又忧伤,这两种情绪在同一时间侵袭了它。

它爱这个世界的全部:烟圈、孤独的章鱼、巨大的甜甜圈,还有弗罗拉那圆圆的脑袋和里面所有美好的思绪。它爱威廉和他那不断扩张的宇宙。它爱乔治·巴克曼先生和他的帽子,还有他笑起来的样子。它爱密斯彻太太和她那水汪汪的眼睛,以及她做的果酱三明治。它爱图蒂,因为她称呼它为诗人。它爱那个傻兮兮的小牧羊女。它甚至爱克劳斯猫先生。

它爱这个世界。它不想离开。

弗罗拉的妈妈从它身边走过,把一张空白的纸放进了打字机的卷轴里。

"你想打字?"她说。

它点点头。它确实想打字。它爱打字。

"好的,我们来打字。你把我说的话打下来。"

记录别人说的话,对尤利西斯来说,这样打字毫无意义。

"亲爱的弗罗拉。"她说。

尤利西斯摇了摇头。

"亲爱的弗罗拉。"她用一种更大、更强势的声音说。

尤利西斯抬头看着她,两道白烟从她的鼻孔中喷出来。

"快打!"她说。

尤利西斯慢慢地,慢慢地,打出了这些字:

亲爱的弗罗拉,

接着,尤利西斯在惊讶中变成了一个哑巴傀儡,它老老实实地打出了弗罗拉的妈妈说出的每一个可怕又不真实的词。

第五十五章

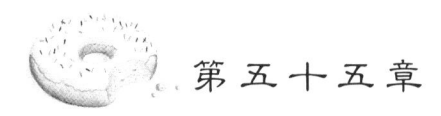

一只石雕松鼠

它打完以后,弗罗拉的妈妈边读边点头:"这就对了,就该这么做。有几处没有写对。但是,你是一只松鼠,当然会有几个错别字了。"

她又点燃一支香烟,倚着餐桌打量它。"我想是时候了。"她说,"你在这儿等着,我马上回来。"

它照做了。它静静地等候着。

弗罗拉的妈妈离开了厨房,而它就那样一动不动地坐在那里,就好像她在它身上施了咒语,就好像把这些谎言打出来已经耗尽了它所有的气力。

尤利西斯曾经在一个花园里,看见过一个松鼠造型的灰色石雕。那只石雕松鼠睁着空洞的双眼,一动不动,它的石头爪子握着一颗永远也吃不到的松子。那个松鼠现在可能还在花园里,依然握着松子,依然等待着。

我是只石雕松鼠,尤利西斯想,我动不了。

它探过头去看自己刚才打出的内容。这些词都是不真实的,有一些还拼错了。这里面没有欢乐,没有爱。最糟糕的是,这些词会伤害弗罗拉。

它慢慢转过身,去闻自己的尾巴。闻着闻着,它想起来

弗罗拉在甜甜圈餐厅对它喊的话:"记住你是谁!你是尤利西斯。"

这条有用的建议总结起来就是一个简单、有力的词:行动。

它听到了脚步声。

它该如何做?它该怎么行动?

它应该打字。

它应该打一个词。

但,是什么词呢?

第五十六章

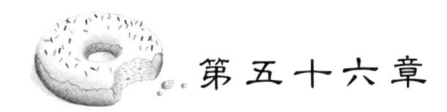

绑 架

弗罗拉突然从睡梦中惊醒。整栋房子漆黑一片,这种漆黑让弗罗拉不禁怀疑自己是不是也得了暂时性眼盲。

"尤利西斯?"她说。

她坐起来,朝门的方向看去,那长方形的门框在黑暗中慢慢显现。接着,她看出来那门是虚掩着的。

"尤利西斯?"她又叫了一声。

她起身下床,沿着漆黑的楼梯下楼,从小牧羊女身边走过。

"你这傻乎乎的灯。"她说。

她摸进厨房,那里空空如也。打字机旁没有人,或者说,没有松鼠。

"尤利西斯?"弗罗拉喊道。

她从打字机跟前走过,看到一张纸在微弱的光线里散发着白色的光。

她靠近了一些,斜着眼睛仔细看。

亲爱的弗罗拉,我简直大(太)喜欢你了。但是,我斤(听)到大自然的召唤,所以我必须回到野外的栖息地。谢谢你的芝士意面。你的松鼠先生。

松鼠先生?

大自然的召唤?

大喜欢?

弗罗拉觉得,这是她这辈子听过的最大的谎话,这看上去一点儿都不像是尤利西斯写的。

只有结尾处的两个字母——F 和 L 才是尤利西斯要说的话。她知道,它在最后时刻试图打上她的名字,告诉她,它爱她。

"我也爱你。"她对着那页纸低声说。

然后,她环视厨房。她到底是个什么样的人?难道只能在这只松鼠不在身边的时候,轻声说"我爱你"吗?

她确实爱它,爱它的胡须、它的词句、它的乐观、它小小的身躯、它坚定的决心、它带着坚果味的呼吸,还有它飞起来时可爱的样子。

她感到自己心里发紧。为什么之前她没把这些告诉它?她应该把对它的爱全部告诉它。

不过,此刻这不是重点。重点是赶快找到尤利西斯。凭借这两年阅读《犯罪分子就在我们中间》的经验,弗罗拉判断,尤利西斯被绑架了,被她的妈妈绑架了!

她深吸了一口气,考虑接下来该如何做。

"如果遇到了十分紧急的情况,且犯罪事实清楚,证据确凿,那就必须立即通知警方。"《犯罪分子就在我们中间》里这样说过。

弗罗拉确信,此事就是一个十分紧急的情况,有着确凿证据的犯罪。

即使这样,报警似乎也不是什么好主意。

如果报警,她要怎么说呢?

我妈妈绑架了我的松鼠?

《犯罪分子就在我们中间》中提过:"如果由于一些原因,你无法联系到警方,那么你必须从其他地方寻求帮助。谁是你信任的人?谁可以在一场暴风雨中做你安全的港

湾？"

她忽然就想起了自己的那个梦，威廉的手在她的手中，那么温暖。

她的脸唰的一下就红了。

她信任谁？

天哪！威廉就是她信任的人啊！

第五十七章

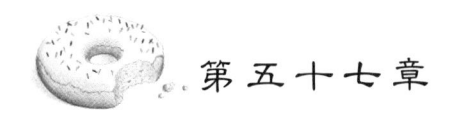

力挽狂澜的图蒂

此刻是凌晨两点二十分。

草地上覆着一层厚重的露水。弗罗拉在黑暗中穿行,呼吸有些急促,因为她胳膊底下还夹着小牧羊女,这个有着粉红脸蛋和精致装饰的傻牧羊女真是沉得令人难以置信。

她真是个胖丫头,弗罗拉想。

《犯罪分子就在我们中间》讲过:"一个人能和犯罪分子讲理吗?这个不好说。但在坏人的世界里也有规则可循。这么说是什么意思? 意思就是,如果坏人手里有你想要的东西,那你手里就得有他想要的东西。只有这样,你们才有可能展开'对话'。"

弗罗拉的妈妈对任何东西、任何人的感情,都及不上她对那盏灯的爱。弗罗拉要和威廉一起找到她的妈妈。他们会提出用小牧羊女交换松鼠。然后一切都会好的。

这就是弗罗拉的计划。

但首先,她得找到威廉。不过,她觉得在凌晨两点二十分就去按图蒂家的门铃,似乎有些不妥。

"威廉在吗?"弗罗拉喊道。

她站在黑暗里,手里抱着一个死气沉沉的灯,满心期待一个暂时失明的男孩可以听到她的呼唤,出来帮她解救松鼠(作为一个超级英雄来说,它需要被解救的次数确实有些多)。

情势有些严峻。

"威廉在吗?"她又喊了一声,"威廉!"

接着,她开始不停地呼喊威廉的名字,一声接一声。

"威廉!威廉!威廉!威廉!威廉!威廉!"

她知道,他不可能听到她的呼唤,但她就是停不下来。她就那样傻傻地、满怀期待地喊着他的名字。

"弗罗拉?"

"威廉!威廉!威廉!"

"弗罗拉！"

威廉出现了！他站在一扇漆黑的窗户旁边。显然,她的需要和绝望以及她的话语,仿佛有了魔力,将他召唤前来。

"你好。"弗罗拉说。

"你好。"威廉说,"你能在午夜到访是多美好的一件事啊！"

"出事了！"弗罗拉说。

"这样啊！"威廉说,"那等我先把睡袍穿上。"

弗罗拉顿时充满一种熟悉的愤怒感:"这事很急,威廉。我们不能浪费时间,别管什么睡袍啦！"

"等我把睡袍穿上啊！"威廉说,好像根本没听见弗罗拉刚才那番话一样,"我马上就去找你。你知道,当人暂时性眼盲的时候,定位一个最显眼的地方比登天还难。当你看不见的时候,世界简直太多磕磕绊绊。虽然,坦白来说,在我眼睛看得见的时候,世界也充满着磕磕绊绊。我从来不能像你们所说的'协调能力很强'或者'充满空间感'。我的意思不是说我总撞到东西,而是那些东西总会突然蹿出来撞到我身上。我妈妈说,这是因为我活在自己的世界里,而不是外面这个真实的世界里。但是,我想问你:我们不都

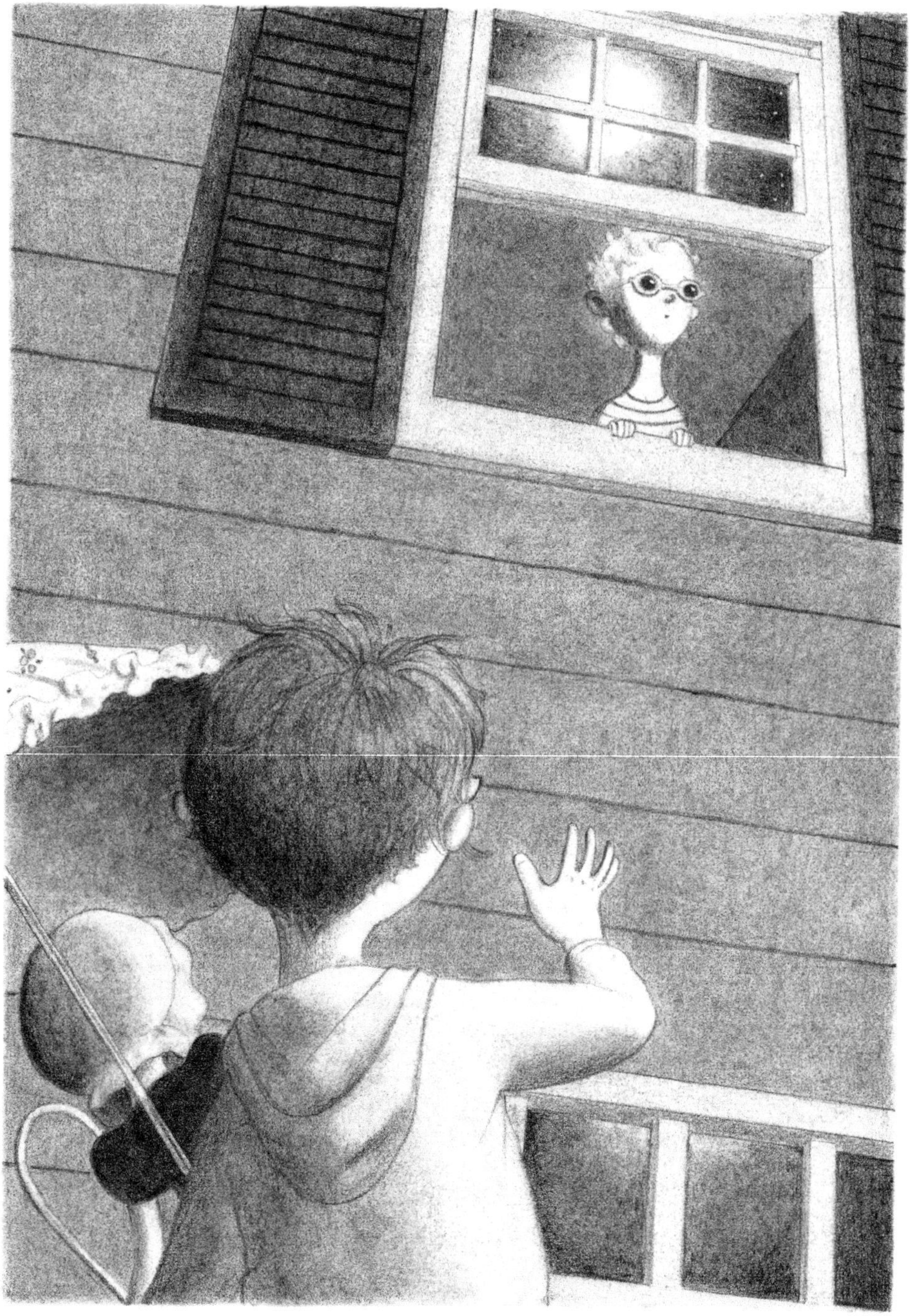

是活在自己的世界里吗？除了那里，我们还能活在哪儿呢？弗罗拉，你觉得对吗？"

"我说这事真的很急！"

"那好吧，我这就把睡袍穿上，然后我们一起去解决这件事。"

弗罗拉把小牧羊女放到地上，环顾漆黑的四周。她在找什么呢？她自己也不知道，也许她在找一根棍子，能狠狠地打威廉的头一下。

"弗罗拉？"

"尤利西斯不见了！"她尖叫道，"我妈妈绑架了它！我觉得，我妈妈被恶灵附体了，她很可能伤害它。"

"不要哭。"她低声对自己说，"不要盲目期待，要好好观察。"

"嘘！"威廉说，"没关系，弗罗拉。我来帮助你，我们会找到尤利西斯的。"

接着，威廉房间里的灯骤然亮

了。图蒂问道:"威廉,你又在干什么?"

"我在找睡袍。"

力挽狂澜的图蒂!

这行字出现在图蒂的头上,像霓虹灯般闪烁。

"图蒂!"弗罗拉喊道,"出事了!我妈妈绑架了那只松鼠。"

"弗罗拉?"图蒂说着把头探出窗外,"你拿着那盏破灯干什么?"

"原因很复杂。"弗罗拉说。

"又跟那盏灯有关?"威廉说,"那盏灯到底有什么意义?"

"我妈妈深爱这盏灯。"弗罗拉说,"这是我的人质。"

"特殊时期就得用特殊办法。"图蒂说。

"对!"弗罗拉说,"这事真的很紧急。"

"我去拿包。"图蒂说。

第五十八章

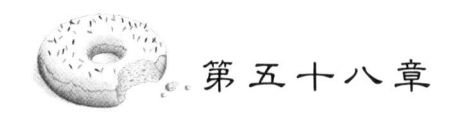

不是针对你

天很黑,非常非常黑。

空气中有一丝烟味。

它待在一只麻袋里,而这只麻袋正被弗罗拉的妈妈扛在肩上。

她正在一片黑暗中前行。弗罗拉的妈妈把写有尤利西斯诗作的那张纸团成一团,然后把它和这只松鼠一同扔进麻袋里。

这是好意吗?

还是在嘲笑它?

或者她只是在掩盖自己的行踪?

尤利西斯不知道她这样做的原因,但它还是把纸团抱

在胸前,试图让自己舒服一些。它想:最坏的事情已经发生了。

它试图去思考现在的情况。

它曾遭遇过卡车从它的尾巴上轧过去,那真是疼得要命。它还被气枪、泰迪熊、花园里的水管、弹弓和橡皮箭伤害过。

不过,过去那些遭遇和当下相比都不值一提,因为现在它有太多的牵挂:弗罗拉和她那可爱的圆脑袋、芝士条、诗歌,还有巨型甜甜圈。

糟糕!它就要离开这个世界了,可是它连一个巨型甜甜圈都没有尝过。

还有图蒂!图蒂说过要为它读诗。看来,这个也没法实现了。

麻袋里面好黑。

一片漆黑。

我要死了,尤利西斯想。它把自己的诗作抱紧了一点儿,那纸团发出"嚓嚓"的叹息声。

"我并不是针对你,松鼠先生。"弗罗拉的妈妈说。

尤利西斯浑身都绷得紧紧的,它觉得这个说法很难让人信服。

"我确实不是针对你。"弗罗拉的妈妈说,"我这么做,全是为了弗罗拉。她是个奇怪的孩子,而这个世界对奇怪的人是不友善的。她以前就很奇怪,现在就更奇怪了。她走到哪儿,肩上都蹲着一只松鼠。她跟松鼠说话,这只松鼠还会打字、会飞。这样不好,一点儿也不好。"

弗罗拉奇怪吗?

其实,它也这么觉得。

但这有什么不好呢?

她的奇怪,都体现在好的方面、可爱的方面。她的心那么大、那么包容,可以说是心胸宽广,就像弗罗拉爸爸的心。

"你知道我想要什么吗?"弗罗拉的妈妈说。

尤利西斯想不出来。

"我想要一切都正正常常。我想要我的女儿快乐无忧。我想要她有两三个知交而不是和松鼠混在一起。我不想要她一生无人疼爱,只能孤孤单单地活在这个世界上。不过这无关紧要,是不是?"

不,这是最重要的事,尤利西斯想。

国际大奖小说

"是时候结束必须要结束的事了。"弗罗拉的妈妈说。

她的脚步停止了。

天哪,尤利西斯想。

第五十九章

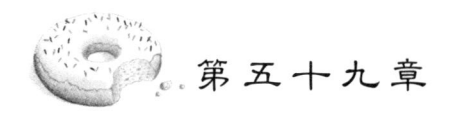

未知的目的地

图蒂在开车。

如果这样可以被称为开车的话。

图蒂的手没有落在方向盘上十点钟和两点钟的方向,实际上,她没有任何一只手在方向盘上。她是用一根手指在开车。弗罗拉的爸爸如果见到这个情景,肯定会吓破胆的。

他们四个全部坐在车的前排——图蒂、小牧羊女、弗罗拉和威廉。他们一路飞驰,速度之快让人感到既紧张又兴奋。

"所以你的计划就是进行一次交换?"威廉问,"用灯来换松鼠?"

"是的。"弗罗拉说。

"但是,如果我说错了请纠正我,我们并不知道你妈妈和松鼠在哪里。"

弗罗拉讨厌"如果我说错了请纠正我"这种说法,在她看来,人们只有在坚信自己是正确的时候才说这种话。

"尤利西斯!"图蒂从她那侧开着的车窗向外喊,"尤利西斯!"

弗罗拉可以看到松鼠的名字——尤利西斯——从车子里飞出去,飞进夜色里,这个孤单又美丽的词瞬间就被夜风和黑暗吞噬了。她的心一阵阵发紧。为什么,为什么,为什么她没有告诉那只松鼠她爱它?

"虽然不愿承认我是唯一一个理智尚存的人,但我还是不得不说几句。"威廉说。

"那就别说。"弗罗拉说。

"可是看看我们,我们超速了,是不是,图蒂姨婆?我们肯定超过了道路限速。"

"我没看见有限速牌。"图蒂说着,又喊了一声尤利西斯的名字。

"好吧。"威廉说,"但是,我们确实开得太快了。而且,

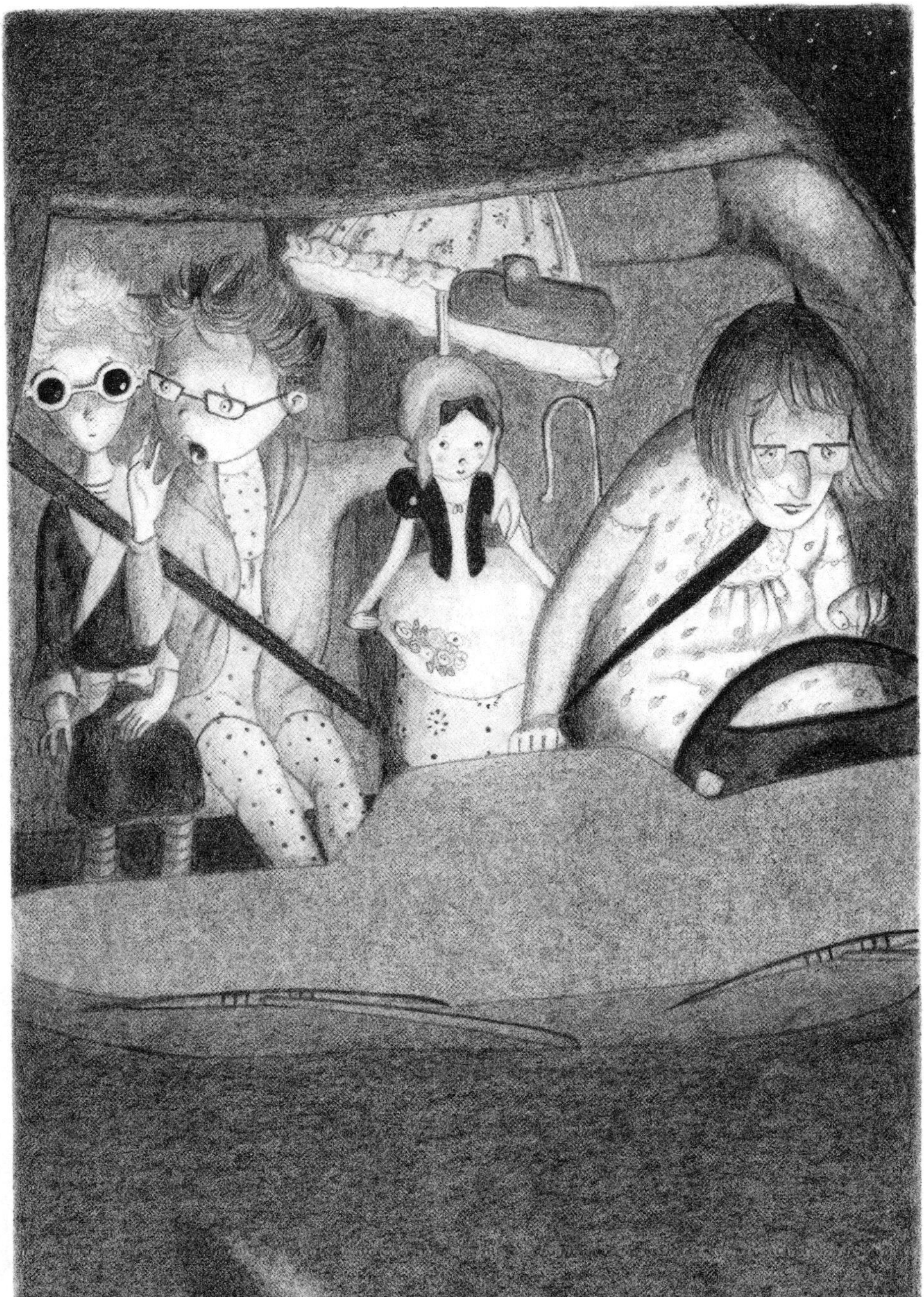

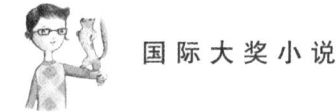

我们根本不知道正在狂奔向哪儿。我们在一条不知目的地的路上，还一路叫着失踪松鼠的名字。这看起来太不理智了。"

"那你有什么好主意？"弗罗拉说。

"我们应该试着想想，你妈妈会把它带到哪儿去。我们得讲方法，有逻辑性和科学性。"

"尤利西斯！"图蒂喊道。

"尤利西斯！"弗罗拉尖叫道。

"再大声地叫它的名字它也不会出现的。"威廉说。

但一遍遍地叫威廉的名字就让他出现了啊！

弗罗拉从《可怕的事情可能会发生在你身上》中了解到，人们以为自己的想法有魔力，其实是心理作用。这种想法很危险，因为它让你相信，你说的话能直接对宇宙产生影响。

不过有时确实会有这种想法，不是吗？

别盲目期待，弗罗拉想。

但她还是忍不住满怀期待。其实，她从未停止过期待。

"尤利西斯！"她喊道。

车子渐渐地慢下来。

"怎么了？"威廉问，"难道发现什么跟松鼠有关的事情了？"

图蒂把车子停到路边。

"让我猜猜看。"他们停稳以后，威廉说，"我们没油了。"

"对，我们没油了。"图蒂说。

"嗯，象征主义。"威廉说。

弗罗拉纳闷儿，她为什么会天真地认为威廉能帮上忙呢？为什么她会把他当成一个暴风雨中的安全港湾？难道就因为他在她傻乎乎的梦里牵了她的手？还是因为他的嘴一刻不闲着？她就不能不再期待他会在某个时刻说点儿有意义的话？

这才是心理作用。

"我们在哪儿？"弗罗拉问图蒂。

"我不是完全确定。"图蒂说。

"太好了！"威廉说，"我们迷路了。"

"我们得步行了。"图蒂说。

"显然是这样。"威廉说，"但步行去哪儿？"

第六十章

它是尤利西斯

弗罗拉的妈妈和尤利西斯身处树林中。

松脂的香气、松针在脚下裂开的声音,还有那强烈的、无处不在的浣熊气味,让尤利西斯判断出了它在哪儿。浣熊是黑夜的霸主,它们真的是很恐怖的生物——它们比猫要残忍多了。

"就这儿吧。"弗罗拉的妈妈说着,停下脚步,把麻袋放到地上。她把麻袋打开后,一道亮光猛地照到尤利西斯的身上,它把自己的诗作抱在胸前,然后鼓足勇气,迎着亮光看去。

"把那个给我。"弗罗拉的妈妈说。

她把纸团从它的小爪子里拿走,随手扔在地上。她一再地把它的作品扔到地上,难道不会感到厌倦吗?

"一切到此为止吧,松鼠先生。"弗罗拉的妈妈说。她把手电筒放到地上,捡起一把铲子,那把传说中的铲子。

尤利西斯听到弗罗拉的声音说:"记住你是谁!"

它转身闻了闻自己的尾巴。

它想起弗罗拉给它看过的阿尔弗雷德的图画,他穿着清洁工的制服,一转眼就变成了浑身发光的白炽灯侠。图蒂给它读过的那些诗句在它的心中缓缓升起……

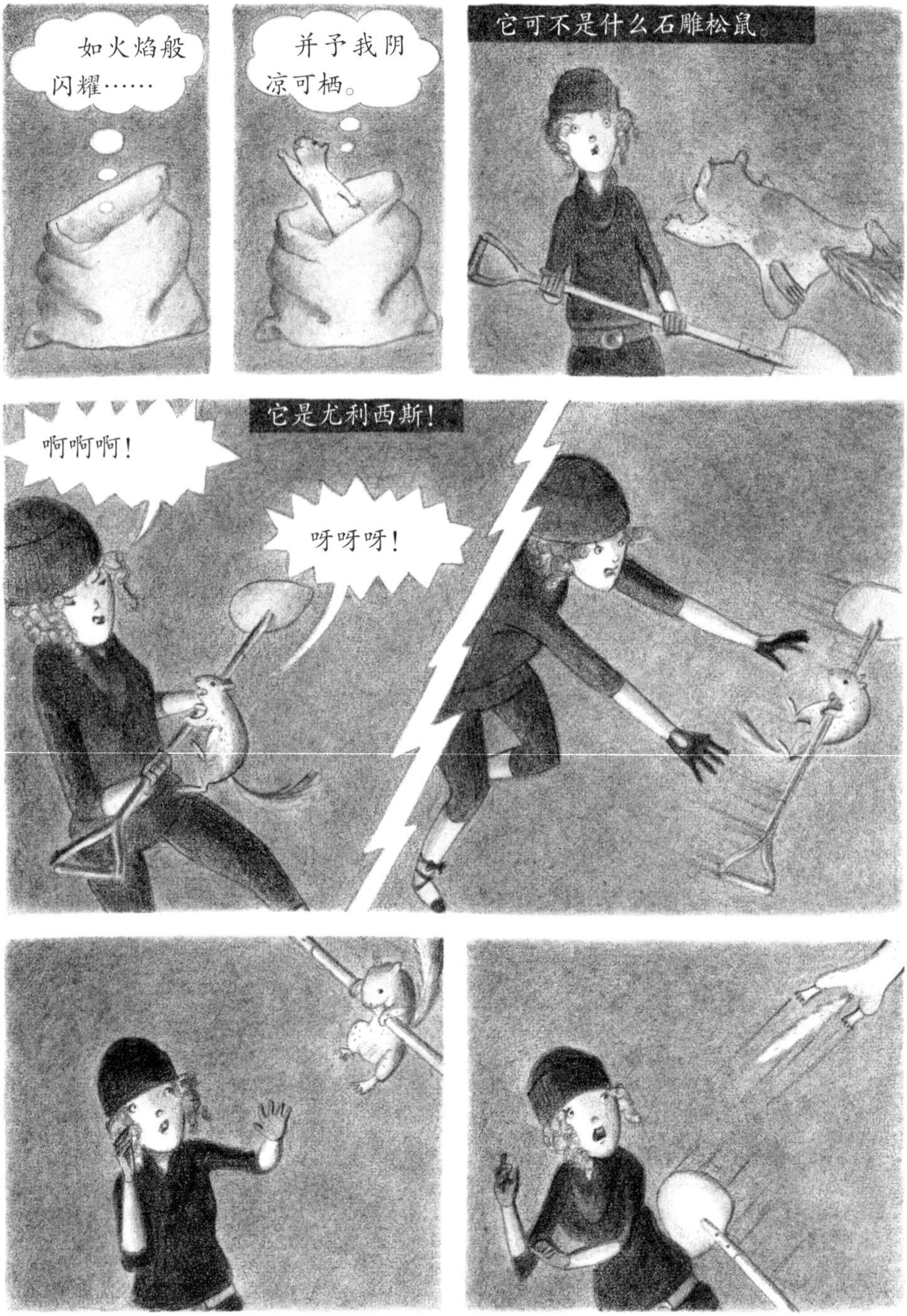
如火焰般闪耀……
并予我阴凉可栖。
它可不是什么石雕松鼠。
它是尤利西斯！
啊啊啊！
呀呀呀！

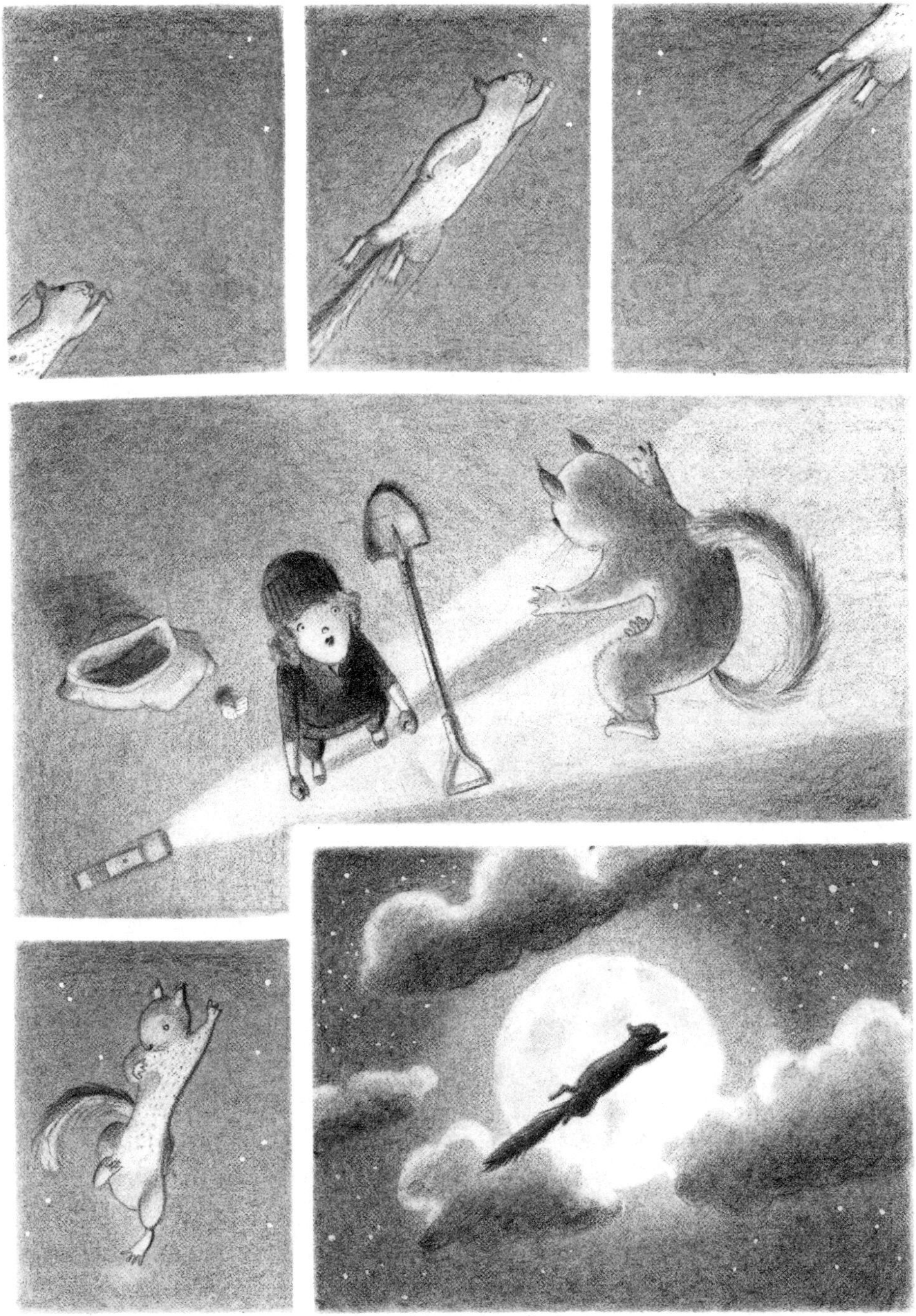

第六十一章

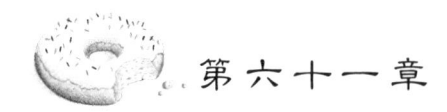

我想回家

你可以根据北极星来定位。应该可以。

苔藓一般都长在树木的北边。人们都是这么说的。

如果你在树林中迷路了,你应该待在原地别动,等着别人来找你。可能是这样。

这些就是弗罗拉从《可怕的事情可能会发生在你身上》里学到的知识,但用在目前的情况中似乎不太适合。他们没有在树林中迷路,而是在宇宙中迷了路。而据威廉所说,宇宙还在不断扩张。这多么振奋人心。

"尤利西斯!"图蒂喊。

"尤利西斯!"弗罗拉喊。

"这毫无意义。"威廉说。

弗罗拉还扛着小牧羊女,而威廉的手放在图蒂的肩膀上。她讨厌对威廉随声附和,但"毫无意义"这个词用在此情此景中确实合适。她的胳膊因为扛着小牧羊女而又酸又疼。她的脚也疼。她的心更疼。

"咱们来看看啊!"图蒂的声音刺穿夜色,"那边是博克奈路,所以我们也不是真的迷路了。"

"真希望我能看得见。"威廉用一种悲伤的语调说。

"你能看见。"图蒂说。

"图蒂姨婆,"威廉说,"我不愿意总是去指出显而易见的事情,但我还是要在此时此地再次澄清一下。你不是我。你并不存在于我精神受创的眼球后面。我讲的都是实情。我看不见。"

"你没有任何问题,威廉。"图蒂说,"这句话到底要我告诉你多少次?"

"那她为什么把我送走?"威廉说,他的声音微微发抖。

"你知道她为什么把你送走。"

"我知道?"

"你不能把别人的卡车推进湖里。"图蒂说。

"那只是一个小池塘。"威廉说,"一个非常小的池塘,

其实更像是一个小水洼。"

"你不能把别人的车沉进一片水里！"图蒂大声地说，"然后，你还觉得这不会造成任何严重的后果。"

"我是一时气盛才做的。"威廉说，"我几乎立刻就承认这是个不幸的决定。"

图蒂摇了摇头。

"你把一辆卡车推进湖里了？"弗罗拉说，"你是怎么办到的？"

"我把车子的手刹松开，然后发动车子，接着……"

"够了！"图蒂说，"我们不需要就'怎么把一辆卡车推进湖里'办个讲座。"

"小水洼。"威廉说，"那真的只是个小水洼。"

"哇！"弗罗拉说，"你为什么那么做？"

"那是我对蒂龙的报复。"威廉说，"我的名字叫威廉，不是比利。我被他叫成比利太多次了，实在受不了了，就把他的卡车推进一个水洼里去了。而当我妈妈发现的时候，她立刻怒火中烧。我看着她发怒，接下来的事情你就都知道了。是不信任和悲伤让我失明的。"他摇了摇头，"我是她的儿子，可她让我离开，她亲手把我送走了。"

即使是在黑夜里,弗罗拉依然可以看见眼泪从威廉那深色的镜片底下蜿蜒而下。

"我想被人叫作威廉。"他说,"我想回家。"

弗罗拉感觉她的心被刺痛了。

我想回家。

这是威廉口中又一个悲伤而美丽的句子。

但是,你会回来吗?

我来就是为了找你。

我想回家。

弗罗拉意识到她也想回家。她想要一切都回到她被驱逐前的样子。

她把小牧羊女放到地上。

"把你的手给我。"她说。

"什么?"威廉说。

"把你的手给我。"弗罗拉重复了一遍。

"我的手?为什么?"

弗罗拉一把抓住威廉的一只手,而他也回握住她,仿佛他正在水中挣扎而她站在陆地上。根据《可怕的事情可能会发生在你身上》所说,快被淹死的人是绝望的,恐惧吞

噬了他们的思维。在慌乱的时刻,如果不小心,他们能把援救者拉下水。

所以弗罗拉紧紧地拉住威廉。

而他也紧紧地回握住她。

正如她的梦境那样,她握着威廉的手,他也握着她的手。

"好吧,看来你们两个想这样拉着手走。"图蒂说,"那就由我来抱着这盏庞大的灯吧。"她把小牧羊女抱了起来。

在他们的头顶,星空异常璀璨,弗罗拉从没见过那么亮的星星。

"我希望我的爸爸能够在这儿。"威廉说,用他另一只手擦了擦脸上的眼泪。

弗罗拉爸爸的形象——手插在裤袋里,礼帽戴在头上,用多洛雷斯的声音微笑着说:"我的天哪!"——在弗罗拉的脑海中浮现。

她的爸爸。

她爱他,她想见到他。

"我知道我们该去哪儿了。"弗罗拉说。

第六十二章 在巨型甜甜圈之巅

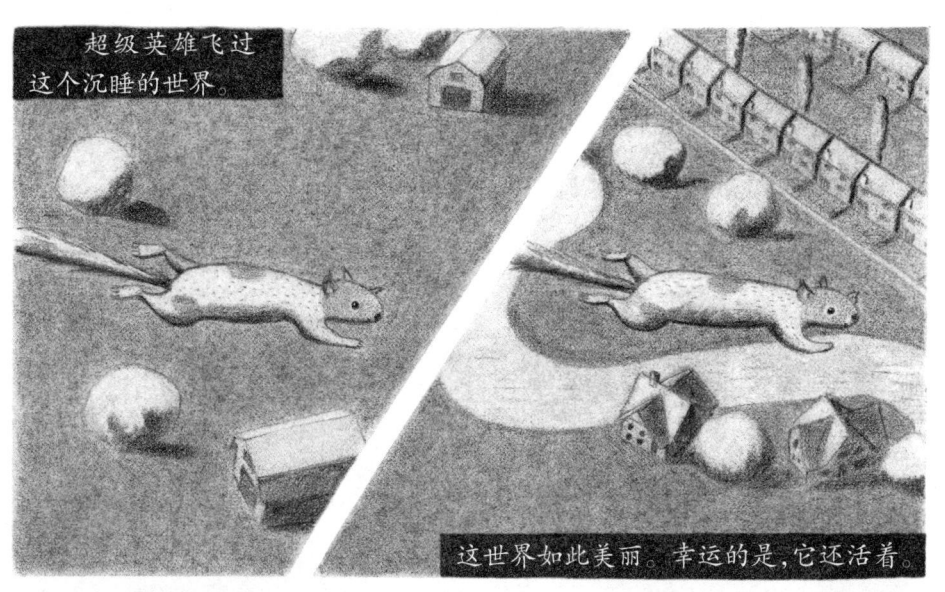

> 超级英雄飞过这个沉睡的世界。

> 这世界如此美丽。幸运的是,它还活着。

> 这里确实有好多房子,而且这些房子长得都很像。

> 超级英雄迷路了。

弗罗拉?

我就在这儿,坐在巨型甜甜圈的上面。真希望弗罗拉能在这儿陪我。

弗罗拉?

第六十三章

小 鱼

"一只松鼠飞了进来。"密斯彻太太说道,"这完全在我的意料之外。生活就是这样,意料之外的事时有发生。当我还是个小女孩的时候,在布兰德密森,我们一直开着窗户,即使在冬天也不关。之所以这么做,是因为我们相信美好的事情可能会通过开着的窗户来到我们身边。美好的事情总会发生吗?有时有,有时则没有。但今晚,美好的事情就这样发生了!"密斯彻太太拍了拍手,"一扇窗户开着,一只松鼠就飞了进来。我这颗老女人的心啊,太欢欣鼓舞了!"

尤利西斯也感到很欢欣鼓舞。它不会再迷路了,密斯彻太太会帮它找到弗罗拉。

而且,密斯彻太太也许会给它做个果酱三明治。

"想象一下,"密斯彻太太说,"如果我睡觉了,我将错过什么。但是不论何时,我都是一个失眠患者。你知道失眠是什么意思吗?"

尤利西斯摇了摇头。

"意思就是,我不睡觉。当我还是个小女孩的时候,在布兰德密森,我就不睡觉。我也不知道为什么。可能是那些传说中的洞穴怪人引发的恐惧,或者仅仅是因为我不需要睡觉。有时,一些事就是没有原因的。应该说,大部分时间,很多事都是没有原因的。这个世界的事没法一一解释。但是,我好像跑题了。我得问问:你为什么在这儿?你的弗罗拉在哪儿?"

尤利西斯瞪着圆圆的眼睛,看着密斯彻太太。

如果它能告诉她发生的所有事就好了:弗罗拉的妈妈说没有她就省事了,宇宙在扩张,威廉被驱逐,弗罗拉想家了,还有它写的诗歌、打出来的那些假话、石雕松鼠、那只麻袋、树林、铲子……

发生了太多事情,但它却无法说出口,尤利西斯觉得有些招架不住了。

它低头看着自己的前爪。

它又抬头看看密斯彻太太。

"啊!"她说,"太多要说的,你不知道从何说起,是不是?"

尤利西斯点点头。

"也许从一些零食开始也不错。"

尤利西斯再次点点头。

"在另外一个密斯彻还活着的时候,每当我睡不着时,你知道他会为我做什么吗?这个男人会离开被窝走进厨房,给我做沙丁鱼饼干。你知道沙丁鱼吗?"

尤利西斯摇摇头。

"沙丁鱼是罐头里的小鱼。他会把这些小鱼抹在饼干上,然后哼着歌,把沙丁鱼饼干拿给我。"密斯彻太太叹了口气,"他那么温柔,愿意离开被窝,给我拿来沙丁鱼饼干。在我吃的时候,他会坐在夜色中陪着我,给我哼歌。这就是爱!"

密斯彻太太揉了揉眼睛,对着尤利西斯笑了:"我来给你做那种沙丁鱼饼干,好不好?"

尤利西斯点了点头。这听起来非常好。

"我们先吃点儿东西,因为吃东西很重要。然后,我们

要去敲乔治·巴克曼先生家的门。虽然现在是午夜,但他会给我们开门的,因为他心胸开阔。接着,乔治·巴克曼先生和我会齐心协力地推测出你在这里的原因,还有我们的弗罗拉在哪儿。"

尤利西斯又点了点头。

密斯彻太太走进厨房。尤利西斯坐在窗台上望着夜色中的世界。

弗罗拉就在窗外的某个地方。

它会找到她,她也会找到它,他们会找到彼此。然后,它会再给她写一首诗,一首写小鱼和漆黑夜色的诗。

第六十四章

奇　迹

此刻,弗罗拉正沿着公路向前走。

她发现,路边有各种稀奇古怪的东西:一只鞋、一条丝袜、一条淡蓝色的长裤,上面有一道深深的折痕。难道人们在路上边开车边脱衣服吗?

弗罗拉还看到了废弃的螺丝钉、一把生锈的剪刀、一个火花塞、一个塑料香蕉,还有在黑暗中发光的黄色不明物体。弗罗拉弯下腰,想要看清这黄色物体是什么。

"你在干什么?"威廉问。他也停了下来,因为他们二人密不可分,也就是说,威廉和弗罗拉依然手拉着手。

"我正在看一只香蕉。"弗罗拉说。

图蒂在他们俩前面大步行进着,胸前抱着小牧羊女,

边走边喊尤利西斯的名字。

威廉的手心微微有些出汗,也有可能是弗罗拉的手心出汗了,这很难分辨。威廉依旧在默默地哭泣,而尤利西斯也还是不见踪影。弗罗拉和威廉沿着灯光昏暗的公路前行,偶尔停下来看看路边奇奇怪怪的东西。

这一切一定有某种意义。

但到底是什么呢?

弗罗拉在脑海中回忆她读过的每一期《神奇白炽灯侠的光明冒险》、《可怕的事情可能会发生在你身上》,还有《犯罪分子就在我们中间》。她试图寻找一些教人在这种情况下该如何做的建议。

但她一无所获,只能靠她自己了。

她笑了起来。

"你笑什么?"威廉问。

弗罗拉笑得更大声了。威廉也跟着笑了起来。

"你们发现什么有趣的事了吗?"图蒂问。

"都挺有趣的。"弗罗拉说。

"还不错。"图蒂说。

于是,他们都笑了起来,除了小牧羊女,因为她没有生命,所以并没有笑。但即使她能笑,恐怕也不会和他们一起大笑,因为她不是那种性格。

暂时性眼盲的威廉因为踩到小牧羊女的电线而滑倒的时候,他们仍在笑着。

因为他拒绝松开弗罗拉的手,所以弗罗拉也跌倒了。她跌在了威廉的身上。

什么东西先是被挤了一下,接着发出"咔嚓"的一声。

"哦,不!"威廉说,"我的眼镜被挤坏了!"

"天哪,威廉!"图蒂说,"你根本不需要那副眼镜。"

弗罗拉离威廉太近了,她能听到他那急促的心跳声。她想:我最近真是感受到了好多颗心的跳动啊!

"等一下!"威廉说,他把头抬了起来。"所有人安静!这些小亮点是什么?"

弗罗拉也往威廉看的方向望去。"那些是星星啊,威廉。"

"我能看见星星了,图蒂姨婆!我能看见了,弗罗拉!"

"这真是个奇迹!"图蒂说。

"也许是吧。"弗罗拉说。

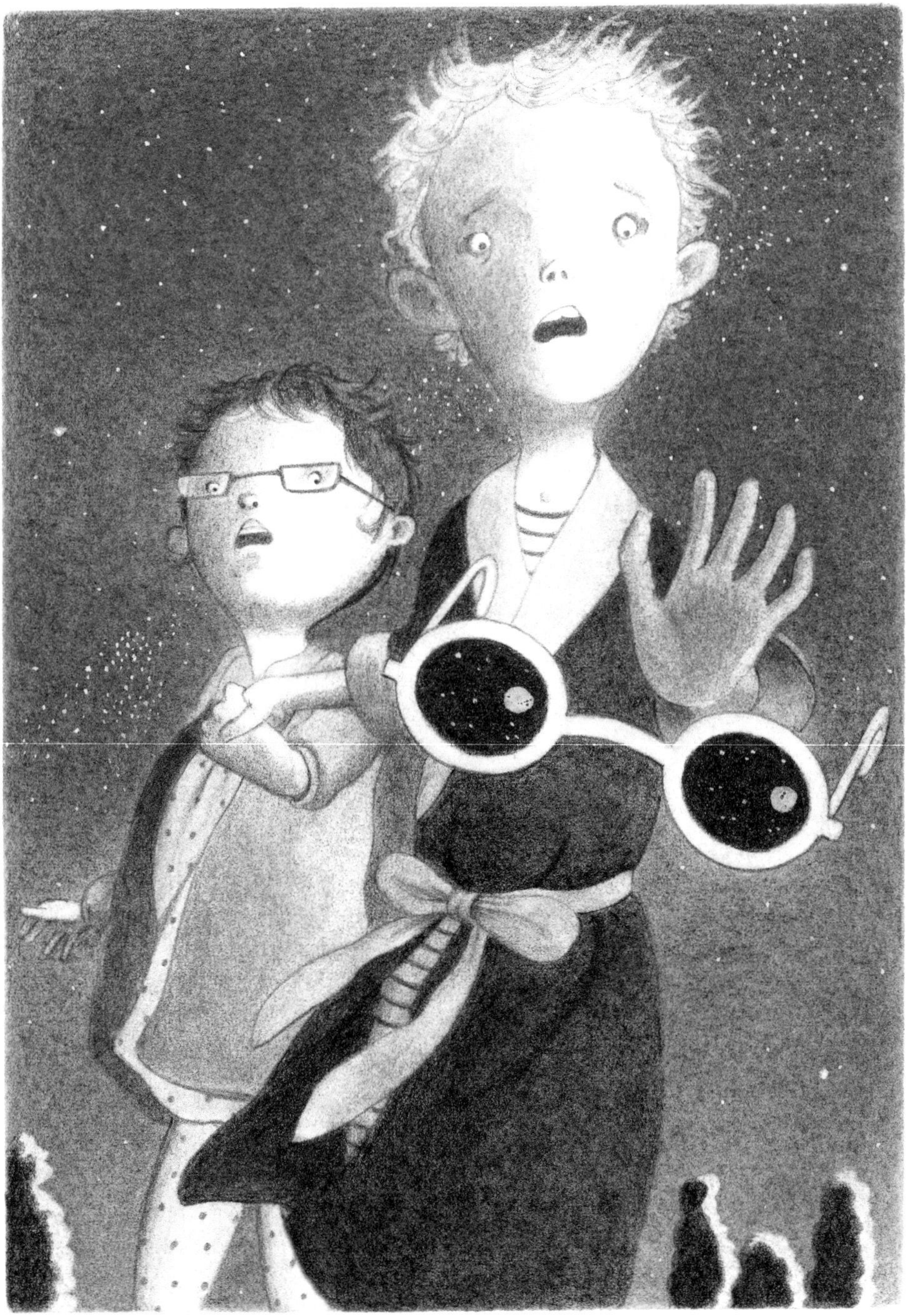

第六十五章

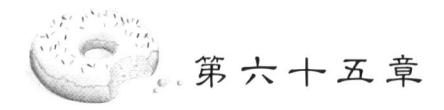

开 门

比利逊公寓的走廊里,无论白天黑夜,都闪烁着昏暗的绿光。

"小心那只猫。"弗罗拉说。

"就是那个臭名昭著的克劳斯猫先生吧?"威廉说。他四处张望着,面带微笑:"那只被松鼠英雄战胜的猫,我肯定会留神它的。说真的,我讨厌自己像卡带了一样总说重复的话,但我能再说一遍重见光明让我无比兴奋吗?就像获得重生一样。再也没有东西能逃出我的眼睛。"

"很好。"图蒂说。

"我没有开玩笑。"弗罗拉说,"克劳斯猫先生可以说是无处不在。"

"没关系。"威廉说,"我可以眼观六路。"

"再敲一次吧。"图蒂说。

弗罗拉再次把门敲响。

午夜时分,她的爸爸会去哪儿了呢?难道有人也把他绑架了?他个子那么高,轻易可绑不走。又或者他被挟持了?

突然,她听到了爸爸的笑声。

但这笑声不是从他的公寓里传出来的,而是来自267号公寓。

"密斯彻太太!"弗罗拉说。

"谁?"威廉说。

"密斯彻太太!快去敲那扇门!"弗罗拉用手指着密斯彻太太家的门,对威廉说。而就在威廉举起手准备敲下去的时候,那扇门打开了。

"弗罗拉!"密斯彻太太说,"我们的挚爱!"她笑得很开心,牙齿闪闪发光,而尤利西斯就坐在她肩膀上。

密斯彻太太的身后,站着弗罗拉的爸爸,他身上穿着睡衣,头上却戴着礼帽。

"我是乔治·巴克曼。"她爸爸边说边举起礼帽向所有人致意,"你们好。"

"尤利西斯?"弗罗拉说。

她狐疑地喊出了它的名字。

而它回答了她。

它飞向她,它那小小的、温暖的、充满希望的身体,结结实实地扑向她,把她撞了一个趔趄。她环起双臂,紧紧地抱住了它。

"尤利西斯!"她说,"我爱你!"

"太幸福啦!"密斯彻太太说,"当我还是个小女孩的时候,在布兰德密森,就是这样。在午夜,让窗户开着,你就能见到想见的人。当然,也不是总能如你所愿,有时你也会见到你不想见的人。在布兰德密森,你要一直开着一扇窗,因为窗外也许会出现你爱的人的脸。"密斯彻太太看了看威廉,又看了看图蒂,接着说:"也有可能,出现的脸庞你尚不认识,但你们即将成为挚友。"

"我是图蒂·蒂汉。"图蒂说,"很高兴见到你。这是我的外甥,威廉。我很想和你握手,但你也看到了,我手里还有这个灯。"

"实际上,"威廉说,"我是她的甥孙,而我的名字叫威

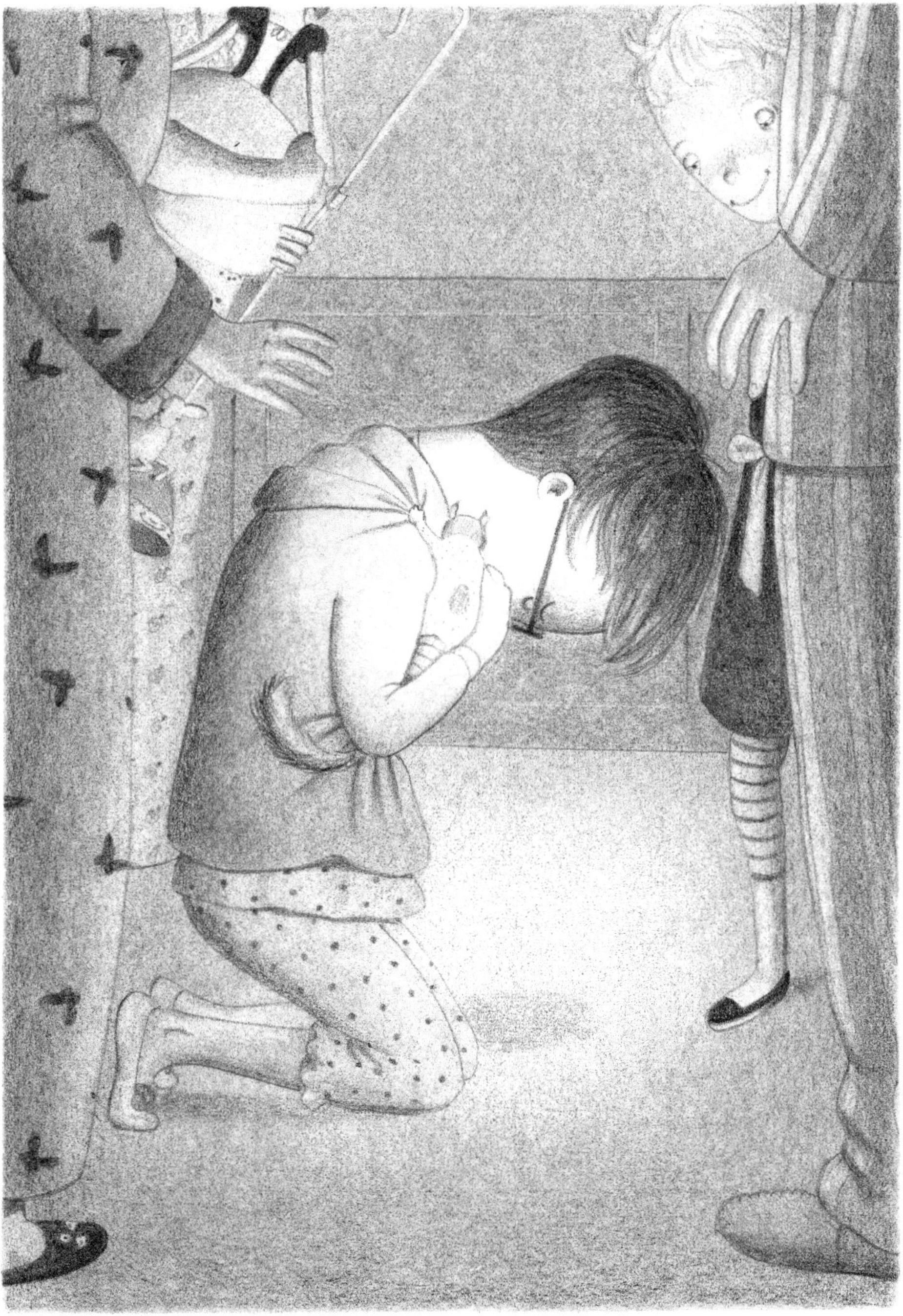

廉·斯帕夫。我明白,在我们认识的初期,我就进行这样深入的自我介绍有点儿为时过早。不过,我必须要告诉你,我一度暂时性眼盲,但现在我能看见了!而我不得不说,在我看来,你的脸好美。实际上,在我看来,每一张脸都很美。"他转过身来,"弗罗拉,你的脸出奇的美,即使是走廊里像坟墓般昏暗的灯光也无法遮掩你的可爱。"

"坟墓般昏暗的灯光?"弗罗拉说。

"那是因为她是一朵花。"弗罗拉的爸爸说,"我可爱的小花。"

弗罗拉感觉自己的脸红了。

"确实是一张可爱的脸——弗罗拉的小脸。"密斯彻太太说,"她确实美极了!但是你们已经站在外面很久了,是时候进来坐坐了。快进来吧!"

第六十六章

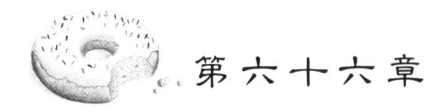

求求你闭嘴吧,威廉!

密斯彻太太说:"我们一直在和尤利西斯沟通,努力去理解它身上发生的事。就目前我们了解到的情况来看,这件事里涉及一把铲子、一只麻袋、树林,还有一首诗。"

"另外还有一个巨型甜甜圈。"弗罗拉的爸爸补充道。

尤利西斯坐在弗罗拉的肩膀上,不停地用力点头以示同意。一种特殊的鱼腥味从它的胡须里飘出来。

弗罗拉转向它:"我妈妈在哪儿?"

尤利西斯摇了摇头。

"爸爸,我妈妈在哪儿?"弗罗拉问。

"我不确定。"她爸爸说道。他调整了一下头上的礼帽,并试图把手放进裤袋里,但他发现自己还穿着睡衣,身上一个口袋都没有,于是他笑了起来。"我的天哪!"他说,语调是那么温柔。

"我们需要一台打字机。"弗罗拉说。

尤利西斯点了点头。

"我们需要一台打字机,这样我们就能得到真相了。"弗罗拉说。

"真相是个很缥缈的东西。"威廉说,"我想人们永远无法看到它的本质。你也许可以得到真相的一个表象,但真相本身呢?对此,我持怀疑态度。"

"求求你闭嘴吧,威廉!"弗罗拉说。

"嘘!"密斯彻太太说,"冷静。你也许应该坐下来吃点儿沙丁鱼饼干。"

"我不想吃。"弗罗拉说,"我想知道发生了什么。我想知道我妈妈在哪儿。"

就在她说这些话的时候,外面突然传来"哪"的一声巨响,紧接着就是令人毛骨悚然的低吼声,然后有人高声尖叫起来。

"那是什么声音?"威廉说。

"那是克劳斯猫先生的声音。"弗罗拉说,"它刚发动了

一次袭击。"

突然,又有尖叫声传来,这一回夹杂着"乔治,乔治"的呼救声。

"哦,不!"弗罗拉的爸爸说,"是你妈妈。"

"妈妈!"弗罗拉说。

尤利西斯全身都绷紧了,前爪紧紧地抓住弗罗拉的肩膀。

弗罗拉看看它。

它冲着她点点头。

弗罗拉的爸爸向门外跑去,弗罗拉和威廉也紧随其后。弗罗拉妈妈的尖叫声再次响彻整个楼道。"乔治,乔治!"她喊道,"快告诉我,我的宝贝在这儿!"

弗罗拉转头对图蒂说:"把那盏灯带上,她正为小牧羊女着急呢。"

接着又传来一声尖叫。

会是我吗?弗罗拉想。

"她在我这儿!"弗罗拉的爸爸说。

弗罗拉的妈妈突然哭了起来。

"所有人都冷静一下。"图蒂说,"我来搞定。"

这是松鼠打败坏蛋的时刻！
这是尤利西斯营救它的死对头的时刻！

我来了！

我带着灯呢！

谁会取得胜利?
谁会被征服?

乔治,求你告诉我,弗罗拉是不是在你这儿?

她来到一片混乱当中,然后抢起小牧羊女击中了克劳斯猫先生的脑袋。

恶猫摔到了地上。而小牧羊女,仿佛也对自己刚刚的暴力行径感到震惊,竟然裂开了。她那完美的粉红色脸庞破了,头掉到地板上的时候,先是发出"叮当"的一声脆响,继而"哗啦"一声裂成碎片。

"天哪!"图蒂说,"我把她给打破了。"

"天哪!"弗罗拉说。

但她的妈妈一眼都没瞅那盏灯,或是那盏灯的残余部分,而是眼睛直勾勾地看着弗罗拉。

她妈妈说:"弗罗拉,我回到家,发现你不见了。我吓坏了。"

"她就在这儿。"威廉说着,把弗罗拉朝她妈妈轻轻推了一下。

"我就在这儿。"弗罗拉说。

她妈妈径直踏过小牧羊女躺在地上的碎片,一把将弗罗拉拥入怀中。"我的宝贝!"她妈妈说。

"我吗?"

"是你。"

第六十七章

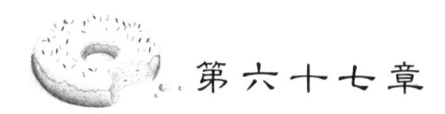

那张马毛沙发

弗罗拉的妈妈坐在密斯彻太太家的那张马毛沙发上,弗罗拉的爸爸就坐在她身边。他握着她的手,或者说她握着他的手,无论怎么说都好,反正她的爸爸和妈妈此刻正拉着彼此的手。

密斯彻太太正在给弗罗拉的妈妈搽药。"哎哟,哎哟!"弗罗拉的妈妈痛苦地呻吟着。

"过来。"密斯彻太太对弗罗拉说,还拍了拍马毛沙发,"坐这儿,坐你妈妈旁边。"

弗罗拉坐在沙发上,但刚坐上去就要滑下来。看来,她还是没有掌握能安稳地坐在这张马毛沙发上的窍门。

然后,威廉在她旁边坐下,于是她就被夹在了她妈妈和他中间。

这下,弗罗拉终于坐稳了。

弗罗拉的妈妈说:"我爬上楼梯,推开你卧室的门,而你不在里面。"

"我出去找尤利西斯了。"弗罗拉说,"我认为你把它绑架了。"

"是啊。"她妈妈坦白道,"我是把它绑架了。"

尤利西斯正坐在弗罗拉的肩膀上。它点了点头,胡须随着动作扫过弗罗拉的脸颊。

"我想要事情回归正轨,我想要一切正常。"弗罗拉的妈妈说。

"所谓'正常'只能是个幻觉。"威廉说,"根本就没有'正常'这么一说。"

"先别说啦,威廉。"图蒂说。

"当我回去看到你不在——"弗罗拉的妈妈说着又哭了起来,"我便不在意什么正常不正常了,我只想要你回来,我要不顾一切地找到你。"

"她就在这儿,巴克曼女士。"威廉用一种特别温柔的声音说。

我就在这儿,弗罗拉想,我的妈妈爱我!天哪!哦,不,我要哭了。

于是,弗罗拉哭了起来。圆滚滚的眼泪从她的脸颊滚落到马毛沙发上,抖动了几下,又滑了下去。

"看到了吧?"密斯彻太太笑着对弗罗拉说,"我告诉过你,这个沙发就是这么神奇。"

"巴克曼女士,"威廉说,"您手里握着的是什么?是一张纸吗?"

"是一首诗。"弗罗拉的妈妈说,"这是尤利西斯写给弗罗拉的诗。"

"你们快看!"图蒂说。

他们都转身朝图蒂望去。只见她站在没有头的小牧羊女旁边,插上电源之后,这盏灯居然还能亮。"这盏灯还能用。厉害吧?"

"不如你来读一下这首诗吧,菲利斯。"弗罗拉的爸爸说。

"哦,这下可好啦!"图蒂说,"我最喜欢诗歌朗诵会了。"

"这是首松鼠写的诗。"弗罗拉的妈妈说,"但这是首好诗。"

尤利西斯把它的小胸膛向上挺了挺。

"写给弗罗拉的话。"她妈妈读道,"这是诗的题目。"

"我喜欢这个题目。"威廉说。

他拉住弗罗拉的手,紧紧地攥着。

"别捏我的手。"弗罗拉说。

但她还是紧紧地回握住威廉的手,听她妈妈读尤利西斯写的诗。

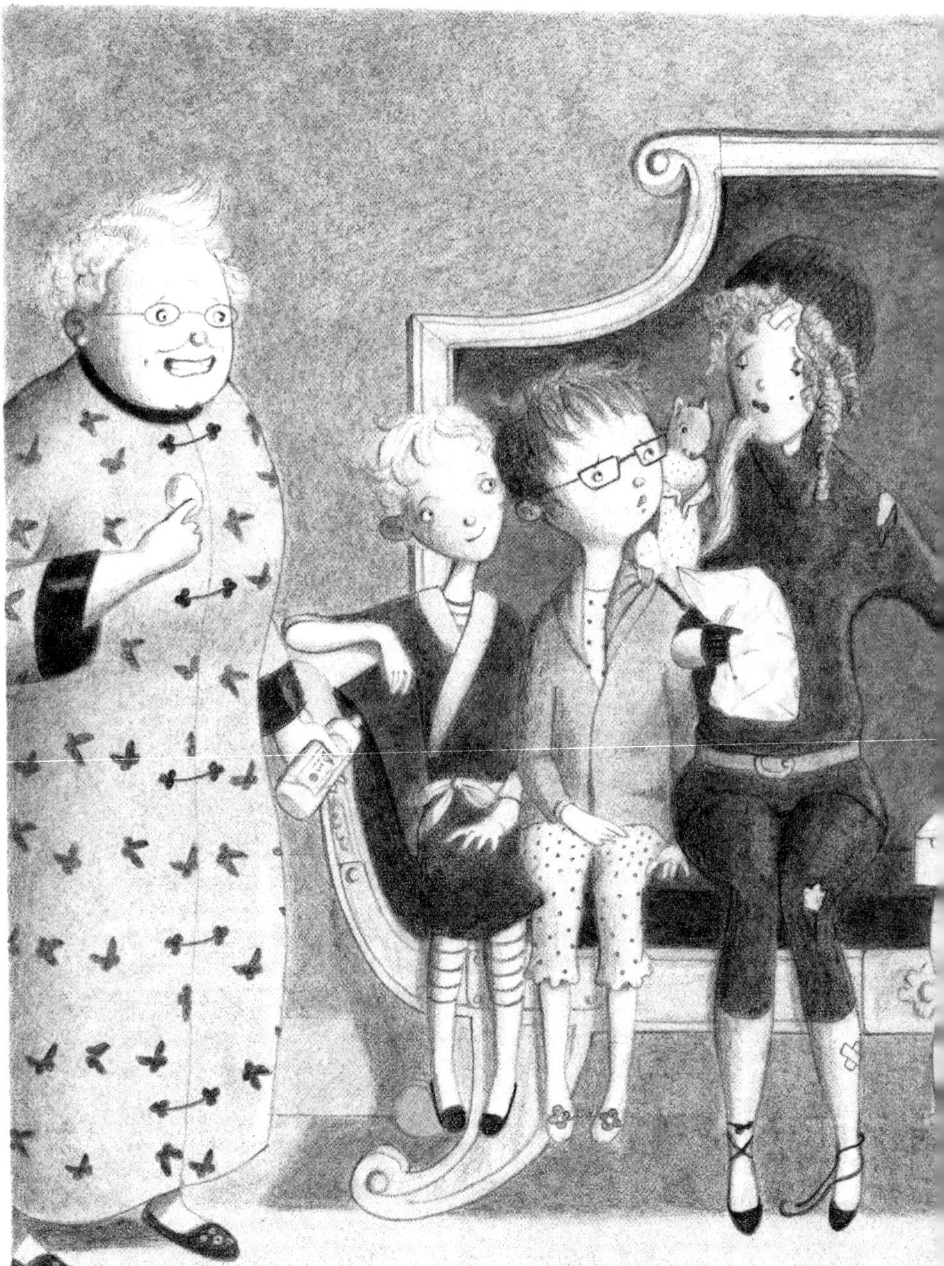

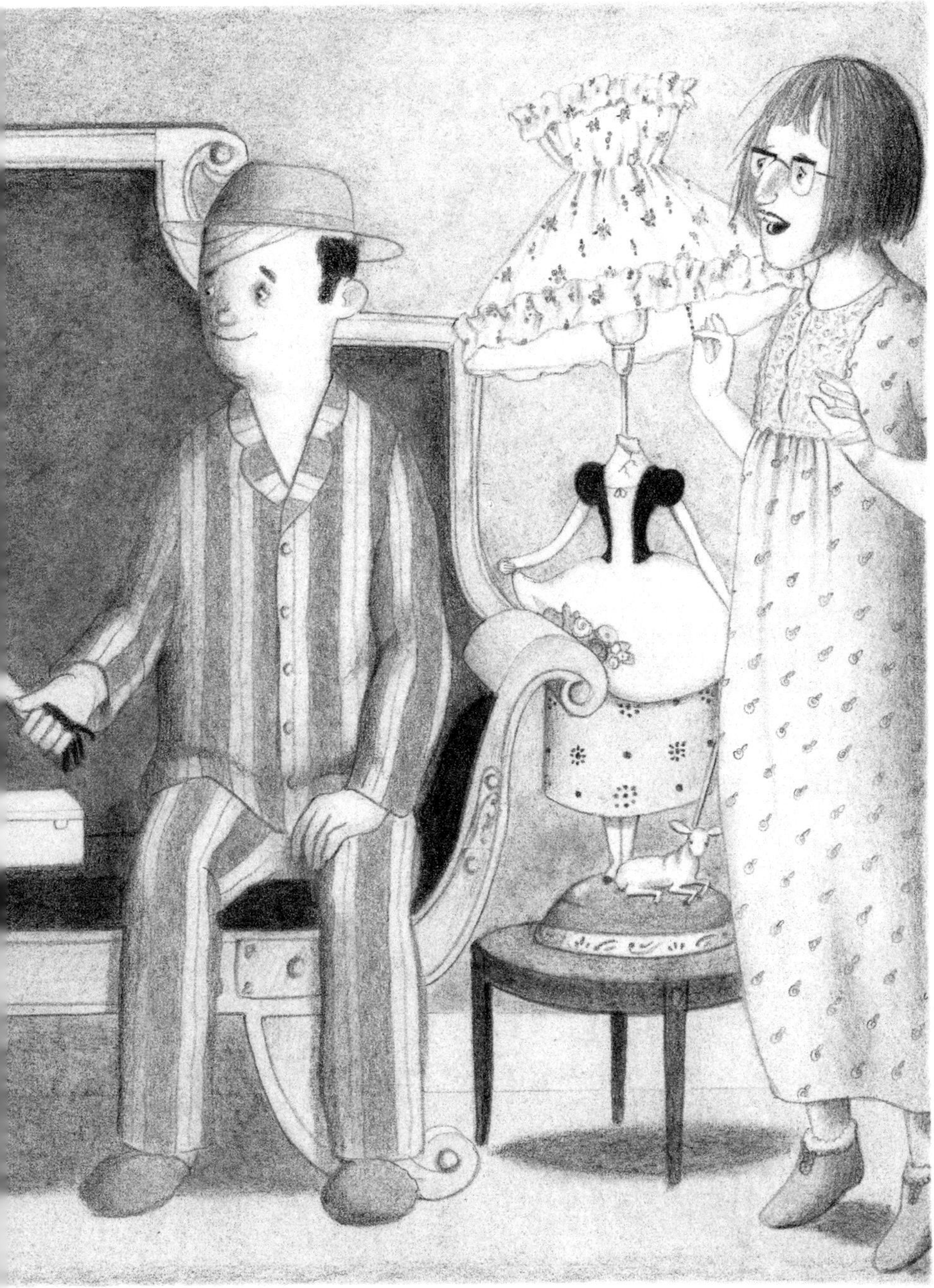

第六十八章

结束(或是另一个开始)

当然,这首诗只是一个开始。

接下来,它还要写更多东西。

它要写写在布兰德密森的人们,总是无限期待门外的来客;它要写写千辛万苦从克劳斯猫先生魔爪下,救回来的弗罗拉的妈妈;它要写写破碎的小牧羊女,依旧自强不息地亮着;它还要写写那些沙丁鱼饼干。

而且,它还想写写那些尚未发生的事情。它想写首诗,诗里面,威廉的妈妈终于来电话叫他回家;它还要写首诗,诗里面,密斯彻医生来看望密斯彻太太,他坐在她的身边,哼着歌哄她入眠;它也许还会写一首关于吸尘器的诗。

它会笔耕不辍,让美好的事情接连发生。

它希望自己写的故事,都会成真。

尤利西斯向窗外望去,金灿灿的太阳正挂在地平线上。马上就是吃东西的时间了。

一个美好的想法浮现在尤利西斯的脑海中。

早餐可能会有甜甜圈吃,巨大的甜甜圈。

尾 声

松鼠诗歌

写给弗罗拉的话

生活里
没有你
不会更简单
而会有大不同,
因为你
就是
所有,
是万事万物——
莹透的糖霜、微小的夸克、

巨型的甜甜圈、溏心的太阳蛋——
你
对我而言
就是不断扩张的
宇宙。

作者简介

凯特·迪卡米洛
Kate DiCamillo

  凯特·迪卡米洛1964年出生于美国宾夕法尼亚州。五岁时因慢性肺炎移居气候温和的佛罗里达州。

  她居住的地方是个小镇,生活步调慢,腔调也跟北方不同,大家互相认识,真诚相待,使她立刻喜欢上这里,而佛罗里达也成为她前两本书的主要场景。大学时代她主修英美文学,并从事成人短篇小说的创作,曾经获得1998年迈克奈特基金会的作家奖金。她的儿童小说处女作《傻狗温迪克》一问世就受到好评,夺得了2001年纽伯瑞儿童文学奖银奖,并跻身《纽约时报》畅销书榜。现在这部作品已被搬上银幕,深受青少年观众的喜爱。她的第二本儿童小说《高飞》获得2001年美国国家图书奖银奖。2004年,她又凭借《浪漫鼠德佩罗》勇夺纽伯瑞儿童文学奖金奖。

2006年,迪卡米洛推出温馨力作《爱德华的奇妙之旅》,荣获波士顿全球号角书奖金奖。2014年,她又凭借自己非凡的想象力以《弗罗拉与松鼠侠》再次获得纽伯瑞儿童文学奖金奖。

原先,迪卡米洛并没有想到要为儿童写作,直到她开始在一家书店的童书部上班,看到许多非常好的儿童书籍,深受感动,才决心朝这个方向努力。

由于白天在旧书店工作,因此迪卡米洛只能在早上花一点点时间写作,一天最多只能写两页,然而她强迫自己每天都不间断地写作。一本书从开始写到全部修改完成,大约要一年的工夫。

迪卡米洛笔下的人物显得十分真实。她说,她并没有塑造这些人物,而是专心聆听这些人对她说什么,然后把他们想说的东西转述出来。她不喜欢刻意介入或扭转故事的发展,也不特意挑选故事的题材或背景,一切都是自然而然流露出来的。

E.B.怀特曾说:"所有我想要在书里表达的,甚至,所有我这辈子所想要表达的,就是:我真的喜欢我们这个世界。"迪卡米洛认为这句话也正是她写作的心情。

日前,美国国会图书馆任命凯特·迪卡米洛为第四任

青少年文学国家大使。她相信故事和书籍的力量,认为故事能将人们联系在一起。迪卡米洛表示,她将尽可能地发挥大使的作用,鼓励越来越多的人参与读书计划。

书评

寻找一个爱的宇宙

左 昀/儿童文学博士

在这个世界上，每一刻——你正打开这本书的这一刻，你正撕开薯片包装袋的这一刻，你正闭上眼睛准备入睡的这一刻，都可能有某一次冒险正在一个你没注意到的角落里，或惊天动地，或悄无声息地发生着。

我们对能够去冒险的人总是很好奇：蝙蝠侠？蜘蛛侠？白炽灯侠？是谁在拯救这个看似平静却危机四伏的世界？是谁一转身就从普通人变成了超级英雄？这一次，会是谁？

一台最新型的吸尘器？一个愤世嫉俗的小女孩？还是一只饥饿的松鼠？

或者，他们全都是。

只是想一想，就觉得不可思议。

然而，在美国女作家迪卡米洛的笔下，不可思议才是理所应当。如果你还记得那只名叫爱德华的瓷兔子（参见《爱德华的奇妙之旅》），你就会明白，迪卡米洛的手里有一大串神奇的钥匙，她能够随时打开一扇你从未想到过的门，然后随手挑出一个你从未注意过的主人公，让他（或者她）理所应当地开始一段不可思议的旅程。

就像她在这本《弗罗拉与松鼠侠》里说的：这个宇宙本来就充满了未知。

这一次，被挑中的是小女孩弗罗拉，和一只从最新型吸尘器的强大吸力下死里逃生的松鼠尤利西斯。

因为一次偶然的事故，无名的小松鼠变成了拥有超能力的松鼠侠尤利西斯，而小女孩弗罗拉愤世嫉俗的生活态度也由此改变。她开始满怀兴奋地期待一只力大无穷的松鼠、一只会打字和写诗的松鼠、一只会飞的松鼠——尤利西斯，它将怎样改变世界？

不过，一开始，尤利西斯除了让弗罗拉那位写爱情小说的妈妈尖叫，让已经和妈妈离婚的爸爸犯愁，让隔壁那个装深奥的小男孩威廉·斯帕夫惊讶，还把巨型甜甜圈店搞得一团糟以外，并没有给弗罗拉带来想象中的超级冒险。是啊，有哪位超级英雄会用打字和写诗作为必杀技呢？尤利西斯的确是一只令人吃惊的松鼠，但它能改变这个围绕着弗罗拉，充斥着虚荣、乏味、孤独、忧伤的小小世界吗？

还是说，它和弗罗拉妈妈的宝贝牧羊女台灯玛丽安一样，只是一个寄托着美好幻想，其实却什么也不懂的假象？

不，尤利西斯是个真正的超级英雄。它那么单纯，却又那么真挚地爱着弗罗拉，爱着这个充满了各种气味的世界。

爱，如火焰般闪耀。

小小的松鼠尤利西斯，身体里充满温暖和爱，带领愤世嫉俗的弗罗拉和逃避现实的威廉·斯帕夫，一起开始了一场真正的冒险。

这次冒险，不是为了拯救世界，而是为了寻找一个爱的宇宙。

也许迪卡米洛所有的故事都通向这里——寻找爱。无论是瓷兔子爱德华，还是松鼠尤利西斯和小女孩弗罗拉，他们从不同的门走进，最后却都到达同一个地方，到达爱的深处。

爱，是一个宇宙。它安静地存在着，在我们的心中不断扩张,并最终让我们拥有一切。它是黑暗世界里的耀眼光柱。只有爱,才能拯救这个世界,拯救这个世界里随意散落着的你和我。

像大章鱼一样的孤独也好,像玛丽安一样的装模作样也好,当我们坐到密斯彻太太的马毛沙发上敞开心扉,摘下遮蔽真相的墨镜,用被眼泪洗过的眼睛重新观察,用赤诚宽广的心灵深深相信时,神奇的事情便会发生——那个一直被我们忽视,却一直守护着我们的爱的宇宙,终于显现在我们的生命之中。

原来我们一直被深深宠爱着。

我们并不是真正爱孤独,并不是真正爱装模作样,并不是真正爱逃避现实,并不是真正爱愤世嫉俗,也并不是真正爱言不由衷,我们真正爱的,只有彼此。我们真正爱的,就是这个黑暗与光明并存的活生生的世界。

在这个世界上,我们如此孤独,只有爱,能让我们成为同类。

爱的宇宙彼此相连。

当尤利西斯飞起来的时候,平静的时光突然降临,世界变得梦幻、美丽又舒缓;当尤利西斯敲击打字机的时候,那张由一个个平凡词语组成的单子,最终变成一首又一首诗。这一切超凡的能力,不是因为那台最新型的吸尘器,而是来自尤利西斯的小小心灵——它爱弗罗拉,爱这个世界,爱这世界上所有的一切。

它心中的爱的宇宙不断扩张,终于让它成为一个真正的超级英雄。

我们应该为这样的超级英雄鼓掌,并且给它永远吃不完的芝士意面和甜甜圈。

感谢迪卡米洛。

下一次,寻找爱的大冒险,那个超级英雄,会是你吗?

教学设计

用一种"冒险"的方式寻找爱

——《弗罗拉与松鼠侠》阅读讨论建议

蒋军晶/杭州市天长小学语文老师、儿童阅读推广人

【作品赏析】

这部儿童小说挺特别,特别在故事中的多个人物齐头并进。

这对儿童文学作家来说是一个挑战。因为孩子读故事,喜欢紧紧跟随一个主要人物喜怒哀乐,他们似乎不习惯同时面对一堆人。但是这本书中的人物相当多,并且各个重要。

那些怪怪的人物

故事中的每个人物都是那么特别,都有些"怪怪"的。

弗罗拉怪在哪里?她努力忽视她的妈妈,不愿意和人打交道,整日沉迷于漫画,用书本中的方法"指导"自己的生活,总认为自己与众不同。

弗罗拉的妈妈怪在哪里?她离了婚,失去了爱情,却埋头写爱情小说。这真是一种讽刺!她不允许任何人干扰她的写作,当她得知一只松鼠动了她的打字机后,她一心要杀死这只松鼠。

弗罗拉的爸爸怪在哪里?他总是穿一套深色西装,戴深色领带,即使在夏天,他也戴有帽檐的帽子。他用深色把自己严严实实地包裹起来。

尤利西斯怪在哪里?这只松鼠太特别了,特别到足以被载入儿童文学的史册。经过一次小小的变故之后,它变得力大无穷,能高高飞起,甚至还能写诗,简直无所不能!

威廉怪在哪里?他总是戴着一副墨镜,因为他自称患有由创伤引起的暂时性眼盲。而且,他总是答非所问地发表一些关于宇宙的深奥理论。

....

他们为什么变得怪怪的?

先说弗罗拉吧。她觉得自己被爸爸抛弃了,而妈妈一直把她当作累赘。她不愿相信任何人,她觉得书比人更可信,书不会逃走,书总是耐心地解释着一切,"愤世嫉俗"

其实就是她害怕去相信。

弗罗拉的妈妈是一个单亲妈妈,她把注意力聚焦在写作上,把感情集中在一盏灯上,她觉得只有这些机械才可以给她安全感。

弗罗拉的爸爸不愿意面对任何问题,他不愿意面对生活现状,他想隐藏起来……

威廉的眼睛其实根本没有问题,他是典型的选择性失明,他只是不愿意去"看见",他不想"看见"没有爸爸的世界。他想念自己的生父,他一天到晚说一些关于宇宙的玄奥的话,也是因为他的生父喜欢宇宙。

…………

细读之后,我们会发现,他们之所以怪怪的,是因为他们缺少爱,不会爱,然后用一种"冒险"的方式寻找爱。

怪怪的人怎样才能不怪?

当威廉和弗罗拉的手拉在一起时,他们都觉得暖暖的,不仅是手,还有心。不要封闭,不要拒绝,不要怀疑,不要胆怯,不要想着占有……这样,爱就会回来,对于弗罗拉和威廉来说,收获友情只是一个开始,他们遗失的亲情也将回来。小说的尾声,松鼠尤利西斯写的那首诗,即是对"爱"这一主题的点睛之笔。

【话题设计】

1. "冒险"指为了达到一定目的,不顾危险地进行某种活动。在小说中,弗罗拉与尤利西斯冒险了吗?她们冒险的目的是什么呢?

2. 尾声的那首诗是什么意思?你认为这首诗真的是松鼠尤利西斯写的吗?

3. 小说最后一章的题目是"结束(或是另一个开始)","开始"和"结束"是一对反义词,你怎么理解这个题目的用意?

4. 如果翻阅所有的插图,你会发现松鼠尤利西斯在插图中出现的次数最多(你可以数一数尤利西斯在插图中出现的次数),你觉得这样安排插图有道理吗?

5. 小牧羊女落地灯多次出现在插图中,请你看看这盏灯出现在哪些场景中?你觉得这盏灯有什么象征意义吗?

6. 小说的最后,很多事情都在向好的方向发展。请你仔细观察书中最后一幅插图,哪些细节让你感觉到事情在向好的方向发展?

【延伸活动】

1. 比一比那些经典的动物形象

小说里的松鼠尤利西斯注定要成为儿童文学史中的一个经典形象。它善良可爱,拥有超能力!你还在其他哪些小说里看到过这样的动物形象呢?

书名	动物	超能力	喜爱指数
《弗罗拉与松鼠侠》	松鼠尤利西斯	它力大无穷,能高高飞起,最神奇的是能写诗。	☆☆☆☆☆
《牧羊猪》	小猪贝贝		☆☆☆☆☆
			☆☆☆☆☆
			☆☆☆☆☆

2. 说说人物的转变

江山易改,本性难移。但是,有时候由于某种原因,人物的性格、脾气、观念、行为等也会发生变化。在这本小说里,弗罗拉的妈妈原来是那么粗暴地对待身边的人和事,可是后来她却变得那么和善、温柔。生活中,你看到过这样的转变吗?

我发现( )有了变化

以前	后来	导致这种变化的原因

3.我为人物设计形象

本书的绘者已经为故事里的人物设计了形象,这些形象和你看小说时想象中的形象吻合吗?如果你愿意,你可以选择其中一个人物重新设计。快来试着画一画吧!